U0546177

月老營業中

3 宿命之絆

懷疑論者的通靈觀察——原創

suncolor 三采文化

目　錄

序言／一場學習與體驗的奇幻旅程　004

緣起／「懷疑論者的通靈觀察」談月老系統　008

❤姻緣類型6　因果關係之輪迴羈絆——渴愛　024

❤姻緣類型7　貓的報恩——團圓　192

後記／透過故事，找到專屬於你的收穫　302

序言

一場學習與體驗的奇幻旅程

哈囉，我是臉書粉專「懷疑論者的通靈觀察」的版主Vincent。

我的人生在二〇二二年的年初，就像是翻過書頁一樣，忽然進入了新的章節。

在那之前，我是一個崇尚科學的理工人，不相信這世上存在任何物理學解釋之外的東西；在那之後，我驚覺世界並不只有雙眼所見，原來在物理學涵蓋的疆界之外，有一整片無邊無際的未知領域。

會有這樣的轉變，是因為在那個時候，我當時的伴侶莫名其妙通靈了。

我所謂的「通靈」，指的是她忽然之間可以看見一般人看不見的東西，能夠聽見神明的話語，也能夠和我死去的親友對話。

她突然擁有這樣的能力，使我受到很大的衝擊，我一直以來奉為圭臬的世界觀崩毀了。一開始我很難接受，於是設計了各式各樣的實驗，想證明她的新感知能力只是出於幻想，但她一次又一次說出她不應該會知道的資訊（例如我從沒跟人提過的童年往事），或者講出明顯超出她個人認知的高智慧開示。

由於她完全沒有裝神弄鬼的動機，畢竟她自己的人生也因為出現通靈能力而天翻地覆，最後我再怎麼不情願，都只能接受這個事實。

從此，我的人生就開始了完全不同的篇章。

我想把沿途發生的事情記錄下來，於是創了一個臉書粉專，除了做為某種觀察筆記，同時也是替我因之而起的各種情緒找到一個療癒的管道。

至於我當時的伴侶，她的通靈能力發展得很快，並隨順因緣開始頻繁出入廟宇，替親朋好友的人生困境探問神明，我自己也跟著去過許多次。

我發現神明的回答總是充滿慈悲和智慧，我第一次領悟到，原來可以把人生視為某種學習及體驗的歷程，而這樣的視角也協助我過得更輕鬆自在。

但是婚姻無論如何都不是簡單的功課，即使對通靈人，以及她想要盡力給予支持的伴侶（也就是我）來說，婚姻還是有很多難以跨越的關卡。於是我們想到，不如藉由她的特殊能力，找掌管婚配的神明月老聊聊吧？

想不到月老除了給我們一些關乎個人的建議，還滔滔不絕說了很多有趣的事。我把這些關於姻緣的奇妙說法發表在粉專上，意外引起了不小的迴響，後來也成為你現在手上這本小說的故事原型由來。

雖然我和這位當時的伴侶，確如月老所預言，在學成彼此給予的功課之後就會和平分開（所以，她現在已成為我的前妻），但我因為這次人生的轉折而踏上的奇幻旅程，還遠遠不到結束的時候。

我還有更多的地方要去，有更多的故事要說。

也許哪天，我們路上見。

緣起——

「懷疑論者的通靈觀察」談月老系統

我們平常說的「姻緣」，通常解釋成兩個有情人終成眷屬的情況。但在《月老營業中》系列的故事裡、在月老的開示裡，不採用這樣的解釋。

任兩個人之間發生的愛情關係，不管是青梅竹馬、黃昏之戀，是在婚姻裡還是在婚姻外的，喪偶之後又梅開二度的，是同性間的、異性間的，還是小三小四小五小六，……總之各種愛情態樣，在月老說明的脈絡裡，我全都稱之為「姻緣」。

選擇這個用字或許不是很正確，我也只是方便起見，其實指的就是「感情緣分」的意思。

簡單來說，和我們一般的認知不同，月老並不真的只有職掌婚配，而是所有戀情的開展，都在祂的工作範圍。事實上，任何一種戀情，無論是否符合當代的道德標準，若是從靈魂的角度來看，全都是此生的功課。

若您能跟上這樣的說明，我們就可以開始了。

在一次奇妙的機緣裡，我和月老有了很多次對談的機會。月老跟我說，任兩個人的姻緣不能說是完全由祂所安排，其實是電腦（？）配對出來的，而祂要做的事，就只有看看電腦跑出來的結果，然後蓋章批准而已。

（請注意：神明在形容事情時，常常使用人類可以理解的方式來類比，不代表實情真是如此，所以不必太拘泥於神界竟然也有電腦。）

月老說，祂在蓋章前會負責把關，確保事情沒有太違背常理的發展；然後在批准之後，祂就會開始編寫劇情，像是設定故事發生的時間地點、勾選一些有趣的情境之類。

月老形容，這個過程就好像在用ＡＩ設計小說，只要把一些選項勾選起來，這些選項就會以某種方式在現實中發生。不過就連月老本人，也沒有辦法知道實際上的展現方式。

月老舉了一個例子，祂說自己可能寫下像這樣的劇情：「在一個浪漫的場景，一個人正需要幫忙的時候，另一個人適時出現。」寫完之後，祂就會在旁觀察，看看現實中的其他協助者，究竟會以怎樣的方式來實現祂所設計的劇本。

為什麼很多人對感情對象會有一種「冥冥注定」的感覺呢？原來是因為這就是月老的其中一個愛用老哏，會讓人覺得感情的發展有如神助，這樣大家才會常來拜拜，祂也就有機會近身觀察人類的想法。

月老有次還半開玩笑地哀嘆，雖說如果都沒有人來拜拜，祂還是會繼續做這些工作，但要是祂的努力都沒有人知道，還是會讓祂有種不知從何說起的感受。

我問：「是覺得有點寂寞嗎？」

月老回答，倒也不是寂寞，就好像你去水族館餵魚，但魚箱是不透明的，魚看不到你，所以不知道到底是誰在餵自己，就是這種說不上來的感覺。

月老又說，祂最喜歡編寫的劇情，就是「冥冥注定」、「遇見某人的預感」，或者是那種你想像很久的對象竟然真的出現，類似這樣的故事。

月老還提到，如果一個人有了新戀情，等到他回去廟裡向月老還願的時候，祂一定會問：「喜歡這個安排嗎？」只不過，大家通常聽不到祂的提問就是了。

感覺月老是真的很好奇人類對安排的感受。

我想，這大概也是一種「使用者體驗」調查吧！

—♡—

在和月老進行的多次對談裡，月老主動提及人世間的姻緣可以分成七大類。

祂鉅細靡遺地向我說明了各種類型，還同意我把這些事情書寫下來，所以看來並不是不可透露的天機，我在這裡也整理了月老的說法。

如前所述，在月老說明的脈絡裡，「姻緣」並不專指真正進入到婚姻的感情關係，而是各種戀愛關係都包含在內，不管合不合理，當然也不管合不合法。

事實上，就算真的結了婚的感情關係，也不見得就是所謂的「正緣」，因為結婚也可以離婚，不是嗎？

關於月老開示的七種姻緣類型：

❤姻緣1：「個人意願」

月老說，人只要想要改變生活、想要迎接新的生活，就會展開一個新的世界。所以如果正好有適合的兩個人都想要進入新的生命狀態，這兩個人就會被排進系統裡，透過電腦把他們配對出來，再交給月老蓋章批准，接著祂就會安排相遇的情節。

所以，任何人其實都可以隨著意願創造出新的感情事件，這件事本身沒有什麼限制。一個人可以選擇什麼感情都不要，也可以選擇要有很多感情，只要電腦能配對得出來，而且在月老的能力許可內，那就能辦到。

一般人去廟裡拜月老求到的就是這一種，而且月老大力推薦拜拜很有效，因為祂還是比較喜歡用正規的方式來做事。

月老又說明，姻緣對應到一個人的內在狀態，以及內在的開啟程度，各式各樣的感情關係就是在檢驗人處理感情的能耐，以及他們願意接受的挑戰。

月老這樣形容：人一生的感情，就好像去上地球村（對，祂真的說地球村），你可以選擇上一堂課就好，也可以選擇上很多堂課。有些人不喜歡太多的感情關係，但當然也有很多人喜歡複雜而繽紛的感情世界。

無論如何，這些選擇都反映了一個人的內在狀態，以及他個人的想望。

月老的角色就是幫忙看一下大家遞交的申請書，祂覺得可行就幫你打個勾，然後再去設計相遇的橋段。

其實這一種姻緣不是只有月老能處理，很多其他神明也能做到。但是月老自誇，別的神明寫出來的故事都沒有祂寫的浪漫。

❤姻緣2：「服務者結合」

這種情況是，伴侶雙方對世界都有某種奉獻服務的使命，那麼神明就乾脆把這兩個人組成一隊，讓他們互相協助，把服務的效果最大化。

在現實中常見的實現方式，就是夫妻或伴侶從事同樣的工作，比如說在同一家公司或是同一個行業，而且雙方會維持一種在工作、生活和情感上都很緊密的關係。

我舉手發問，這種姻緣，就像是總統和總統夫人那樣的關係嗎？月老回答我說，沒有那麼大啦，通常就是一個公司或小店的老闆跟老闆娘，或者夫妻都是神職人員那樣。既然兩人都有服務的願，那就這樣安排，讓他們可以交流資源，在日常生活上又能互相照顧。這麼一來，他們想做的事情就能運作得更順暢。

❤姻緣3：「累世祈願」

這種屬於因緣相逢，是菩薩安排的實現。

比如說，你真的很希望跟某個人在一起，所以上輩子許下這樣一個願，那麼這輩子菩薩就圓你的夢，讓你們有機會一起經驗一些事，也藉由這個過程讓你的祈願做個完結。

這一類的姻緣通常比較短暫，可能會是在相對較短的一段時間內的能量交流，很快又分道揚鑣。

時間之所以短暫，是因為一旦時間長了，人就要開始做功課了；但這種姻緣不是一種功課，而是你之前種下的祈願種子在現世開出的一朵花，是一種「收成」。

雖然短暫，但這種類型通常是相當美好的情感（或甚至肉體）關係，分開後，彼此對這段感情也不會有什麼罣礙或想念，只會覺得是一段美好的人生體驗。

我知道你想問什麼，一夜情是不是屬於這種？我也很好奇，但我當下忘記問了。

❤姻緣4：「系統預設值」

系統預設值就是在個人出廠的「資料表」上面，一開始就被填好了某個人的名字。

這種類型到底是誰安排的，月老說沒人知道。而且不只月老不知道，祂說整間廟裡的所有神明，就連菩薩都不知道。對月老來說，這種就是無法變動的設定，想改也沒辦法改。

聽起來很浪漫，好像緣定三生，但是這種姻緣跟現實生活中是否幸福美滿其實並無關聯，只代表這兩個人是注定的，事情一定會發生，但是在一起之後過得怎樣，就完全是另一回事了。關係會維持多久，也沒有保證。

這一種姻緣的結果，有很幸福的，但也有互相毀滅的，當然也有跟其他人狀況差不多的。

總之月老對此所知不多，祂只知道這種就是無法變動的設定，理由不明。

❤姻緣5、6：「因果關係」

這兩種概念基本上一樣，所以一起講。

這兩種是姻緣裡的最大宗，是神明在安排時的首要選項，簡單來說，就是把具有因果關係的兩個人湊在一起。由於每個人累世以來，都跟數不盡的人有各種因果，所以不怕找不到人選，對神明來說不太會出錯，是輕鬆愉快的工作。

但是因為配對出來的兩個人之間存在因果，所以這兩種姻緣都是功課型，兩個人會互相成為對方的難題。讓這樣的兩個人再次接觸，就有機會透過彼此學習自己的人生功課。

那第五種和第六種的差別在哪呢？差別在於當事人的意願，但我覺得這只是定義問題。

如果現在是其中一方去求姻緣，月老主動幫你從因果關聯人物中選出一個來跟你搭配，那就是第五種姻緣；如果有因果關係的兩個人正好都在差不多的時候求姻緣，那月老就順水推舟把你們湊成一對（反正你們本來就是因緣人），這就是第六種。

第一種「個人意願」類型當然也會考慮因緣，因為完全無關的兩個人其實也配不起來的，但是第五、六這兩類型的重點在於「功課」。

換句話說，可能兩個人在關係的過程中都會有些痛苦，但痛苦正是重點，畢竟不經歷痛苦就學不到功課了。

聽起來很像婚姻，也的確是這樣，大多數人的婚姻都屬於這兩種狀況，相愛相殺，但也互相成就。更明確來說，表面上雖然是相愛相殺，但背後的目的終究是為了互相成就對方的功課（不過參與者通常沒有意識到這一點）。

這兩種姻緣通常會有一種常見的結果，就是當雙方都完成功課之後，他們就可以決定接下來的感情狀態，可能選擇終老，但當然也可能選擇分開。

不過，因為這時功課已經完成，就算分開，也通常是很平靜的。如果兩個人分開時可以是這種狀態，那就表示他們所學有成，值得恭喜。

❤姻緣7：「貓的報恩」（欸不是）

這一種是為了報恩才出現的，比如說，一方在過去世曾經受過某種恩惠，那在這一世就以成為對方伴侶的方式來回報。

但是月老補充說明，隨著時代變遷，這個類型的姻緣愈來愈少了。因為用一輩子的時間來報恩，有點不符合比例原則，神明開始覺得這樣操作太過頭了（我忍不住想像祂們有一個業務檢討會議，這一題被拿出來投影在白板上討論）。

月老又說，現代的報恩需求通常都改用別的方式實現，像是朋友、親子、事業上的貴人等等，也有可能是寵物。

總之，報個恩就以身相許，也許真的是太累人了。

—♡—

全部七種姻緣的類型，就是這樣。

總而言之，月老說明了人世間姻緣的類型，祂會把符合特定類型的人湊對，安排相遇的情節，但遇見之後的故事仍然要看雙方的造化。

月老向我表達了好幾次，祂並不能安排整個故事的發展——一段愛情故事，其實是月老和故事主角雙方的「共同創作」。以譬喻來說，月老的工作就好像是在撰寫一篇愛情故事的開頭，而後面的發展得由主角自行決定。

月老也和我聊到，雖然很多姻緣是祂安排的，但並不能反向推論世間所有的相遇都是祂的傑作。有些人就是會自己遇見、自己發展，從頭到尾都沒有祂的介入。

月老說，不是每件事都得靠祂，祂主要會進行的工作，是對應那些來到廟裡問事、祈求的人。既然你都到廟裡探問了，那麼月老就會去張羅一下，在資料庫裡調閱人選，並且做一點適當的安排。

事實上，除了還不認識的對象，月老也說：「如果你有某個已經認識的特定人選，那也可以來告訴我，直接表達你的意願，我就會花更多力氣來牽成你們。」

祂說明：「道理就像你去拜財神，也要跟財神明確表達自己想達到怎樣的財務目標一樣。」

我本來一直以為拜月老是在祈求還沒出現的對象，原來也可以指名某個已經認識的人，請月老牽成。不過這樣我就有疑問了，難道一個對你完全無感的人，被月老這樣牽啊牽的，就會突然愛上你嗎？

月老回答：「當然不是。如果不管誰來祈求我都應允，那麼世界就大亂了。最重要的還是個人的意願，雙方一定都要有意願，或至少是不排斥的，我才能運作。如果只有一方拚命祈求，但是另一方很明確地拒絕，那整個事情就會出現互相平衡的顯化。」（意思就是不會成啦！）

講到這裡，月老不知怎麼又讚嘆起來。祂說：「偶像劇好看就在這裡。有時在一個時間點無法發展的關係，或許會在別的時間點繞了一圈又回來；或許十二年後又重逢，雙方看彼此的感覺就不一樣了。

「有時是這樣子的，一方有願，但另一方還沒準備好，那你們可能就得繞一圈才能開始。」

我知道有人會問，如果雙方都有意願，哪裡還需要神明的協助？這樣問真是太天真了。這世上多的是雙方都有意願，但糊裡糊塗就錯過了的故事，不是嗎？

也有很多人好奇，為什麼自己一直求不到姻緣，那些一輩子都沒有姻緣的人又是怎麼回事？月老給我的罐頭回答就是「個人功課還沒做完」，但我總覺得這個回答好像搔不到癢處。

我不能代替月老發言，但我個人的看法是，感情的開展本來就不是很容易的一件事（所以人生這遊戲才好玩），有時，一個念頭的轉變就會造成完全不同的走向。而一個人在心態上是否真正做好準備，常常是連自己都說不清楚。

說到底，月老所創作的，只不過是愛情故事的開端而已，就像厚厚一本小說最開始的那幾頁。

而人類永遠都有自由意志，能決定要不要讓故事繼續，也永遠都可以，嗯，憑實力單身。

共勉之。

— 姻緣類型 —

6

因果關係之輪迴羈絆

渴愛

牽成 ❤ 對象

討 好 型 單 戀 症

V S

身 心 分 離 愛 無 能 病

V S

白 月 光 濾 鏡 症 候 群

你 談 的 不 是 戀 愛 。

是 命 運 。

01

「沉浸式」地愛著某人，你曾有過嗎？

從小，我就喜歡修東西，將破碎的黏貼完整；撕裂的，又密密縫合。大人都以為我愛物惜物，不，他們誤會了。

只有我媽了解我，知道她女兒近乎病態地，熱愛「沉浸式」的世界。

將破碎的杯盤黏合，將撕裂脫線的玩偶縫補，把它們從瀕死邊緣救回，這過程很爽。像跟喧鬧世界分手，我自成宇宙，自得其樂，完整圓滿。

沒想到，當我暗戀誰，也會戀得很「沉浸」。

只是，愛情不像修理東西。

沉浸地愛人，有困難。

儘管妳只想跟他獨處，雖然妳大可沉浸其中，卻攔不住其他闖入者。

如何處理另一人帶來的雜音？

如何保護戀情不受干擾？

求神拜佛，有用嗎？

我很怕……怕愛到最後，破碎的是我。

一路愛他地沉浸到底，最終還沉浸在這份愛情裡的，怕只剩下我一個人，吳玄英。

—♡—

無常，連神都防不了。

上一刻，月老實習生月小柴正躺臥雲海逗弄萌犬小黃，高興地再撮合兩對姻緣，就能登神；下一秒，突聞嬰兒哭聲，思及師父九爺曾告誡——

「遊走神魔兩界的四凶獸之一『饕餮』，嗜吃尚未登神的實習生。其叫聲似嬰兒哭……。」

「跑！」拋遠狗兒，小柴轉身，巨獸已在身前。他怵然腿軟，這什麼噁心東西?!

羊首紅目野獸身，身型大了他足足三倍，兩根獠牙閃寒光，其一勾住他胸前衣服，將他懸於半空。

小柴抖出龍頭杖，擲向獸首。「滾！」

啪，杖碎。

饕餮張嘴咬來，一陣嗆鼻的腥臭熱氣伴隨巨大暗影籠罩小柴。

可憐的小柴，尚未登神先入獸口，經驗到神滅前的迴光返照……。

想當初剛入神界，被兩位月老退貨，流浪到師父九爺處，九爺聰明但狡猾，常品著酒覷著他笑。還有老是暴衝的關爺，以及那些毛病多多的個案，這一路，他從討厭月老身分到開始認真喜歡，可惜就要灰飛煙滅——

獠牙抵在柔軟的頸側，小柴顫慄，閉上眼睛——

沒了我，師父會為我哭嗎？他還能那麼淡定嗎？還是他會慶幸終於少了個麻煩？

忽聞虎嘯，雲海翻湧。小柴睜眼，萌犬小黃沒逃，牠奔來，縱身一躍，豹變成虎，衝撞饕餮，將他從獸口撞落，隨即與饕餮搏鬥。

霎時，虎吼嬰哭，兩獸扭打。小柴驚見虎頸被饕餮咬住，虎嚎怒甩，饕餮死咬，利爪往虎頭扎去——

「不！」抱住獸足，小柴張嘴便咬。

饕餮痛嚎，憤怒震足，小柴死死咬住，哪怕滿嘴腥臭。

你咬我的狗，我就咬死你！

他咬破獸體，黑血噴湧，饕餮腋下突有目睜開，放青光，小柴如遭電擊，還是不鬆口，被饕餮甩得頭昏腦脹。

虎爺趁勢撲倒饕餮，踩住獸首，俯身怒咆，吼聲震動仙界——

彼端，月老九爺品茗，關爺閱卷，聽到虎吼，操刀速奔。二神趕赴現場，皆愣住。

什麼情況?!

凶猛饕餮躺在虎前，露肚賣萌舌外垂，口水淌，尾巴搖。虎爺神威，端坐其前。然而真正讓二神驚駭的，是小柴。

「你怎麼搞成這樣？」關爺驚呼。

「好徒兒，你的嘴……。」不忍卒睹。但見小柴嘴唇紅腫，活像條接吻魚，臉上黑點斑斑，都是饕餮血。

「我咬牠。」小柴怒指饕餮。

噁——二神倒抽口氣，齊齊後退。

「饕餮有毒的，傻瓜。」九爺說。

「但有效……，」小柴口齒不清地回：「我一咬牠就鬆口了。」

「該不會你口水更毒吧？」關爺憋笑。

「小柴真是勇敢。」九爺讚嘆。「沒想到饕餮如此不經咬。」過往那些遇到饕餮的實習生，又打又踢全被滅，誰都沒想到咬牠。「看來是對付饕餮的好辦法。」

為保護所愛，小柴啥都不怕，不計後果的代價，是淚汪汪地撫著嘴。

「有沒有藥？嘴巴好刺，感覺這不像中毒，比較像——」

「辣，對吧？除了毒，牠還很辣，就一隻大辣妹。」九爺說。

大辣妹？小柴打量饕餮。大是真的大，辣嘛……但見饕餮雙耳往後折，仰望虎身，尾巴搖得似陀螺。

「饕餮被虎爺迷住了。」九爺笑。

「所以小黃是虎爺嗎？」小柴震驚。「我一直當牠是條狗！」人間複雜，沒想到神界更離奇。

「噁心。」關爺一刀劈飛饕餮。咻，猛獸消失雲海遠處。

九爺嘖嘖搖頭。「就是個可憐的畜生，何必呢？」

「劈飛牠剛好而已，若非俺的虎爺在，你的實習生就剩骨架了。」

「此言差矣。」

「差哪？老九，饕餮越來越多，怪誰？怪月老無能。」

「饕餮跟月老有啥關係？」小柴驚道。

「關係大了。」關爺捋鬚道：「好的饕餮可助神除妖，成魔的饕餮暴烈貪婪，不僅貪愛成癮，更嗜恨維生。人們因愛生恨的怨氣，就是最潤牠們的糧食。更可怕的是——」關爺忽然閉目，拽緊關刀。「來了！」

「來？來什麼？還有另一隻？」小柴躲到九爺身後。

「不怕。」九爺抖出龍頭杖護徒。但見關爺耳朵顫動，忽然驚喜地睜目。

「是特窖陳高『戰酒黑金龍』！有人來拜我了。」

撤，虎爺隨關爺離去。

「師父——」小柴提握九爺剛甩出的龍頭杖，納悶了。「為什麼還有一把龍頭杖？這把拎起來更沉，可我剛才使的那把瞬間就碎了。莫非……？」他瞇眼，覷九爺。想起之前幾次使龍頭杖都不太順。「難道，我那把是……？」

「欸，你嘴都腫了還這麼多話，快閉嘴，好好休息。」

想轉移話題？「師父給我的那把該不會是贗品吧？」

「你知道凶猛的饕餮有殘疾嗎？」

「我管牠有沒有疾，我在問龍頭杖——」

「這都怪牠沒那個器官！」

「欸？什麼器官？」

「可憐啊，饕餮越吃越餓，越餓就吃越多，吃越多身體越堵，這都怪牠缺那個器官。」

「到底哪個器官？」

「想知道？」九爺勾勾食指要他靠近，附在他耳邊說——

「肛門？」小柴驚駭。

暴烈地吞噬一切，結果，牠沒肛門？

「就是啊，所以小柴你記住了，世間定律之一，有進要有出，有上就有下，有陰必有陽，違此定律能量堵，必受毒苦。」

「所以牠才哭得像嬰兒？」

「嗯哼，當牠缺愛，就想靠吃填補。但不論吞下什麼，都消化不了。鎮日啼哭，最後甚至吃掉自己，這是饕餮的悲劇。牠無能享受愛，反被愛吞噬。誤會愛滋潤，實則被愛虐。牠一邊愛一邊又恨，最後崩潰。所以關關才怪咱月老教愛無方。」

「這也怪我們？我們只負責牽起緣分，後來人們要怎麼相愛，又不是我們能控制。」

「是啊，我這黑鍋都不知揹幾個了。唉，人們渴求愛情，又無能排解隨愛而來的種種愁苦。求之不得苦，求而得之又煩惱，是不是好矛盾？」

小柴深思。確實，太多人想要愛，卻又因愛生恨，受苦受累，怨氣甚至大到養肥「饕餮」。

但我們愛人，起初都是因為喜歡對方。喜歡是多美好的心意，怎會養出醜陋怪物？

九爺笑看小柴苦思。此刻，他早忘了追究龍頭杖。所以掩蓋問題的辦法，就是丟出更大問題。

忽然，姻緣鏡震動，九爺取來觀看。

「有人找，走！」

—♡—

「拜你是順便的。」立在廟堂大殿的神壇上方處，關爺雙手盤胸向九爺聲明。他威風凜凜地目視著持香走動的女子。

「此女吳玄英替心上人跟我求事，至於你，拜你是順便的。」

「是是是，我們月老都是陪襯您的。」九爺笑道，檢視姻緣鏡。小柴打量跪拜月老的女子。

她年約三十，長髮以棕色橡皮筋束在腦後，帶英氣的彎眉與瓜子臉，眼色堅毅，緊抿的嘴略顯嚴肅。身穿黑色長版大衣，上香跪拜，行動徐緩有度，給人一種可靠的信賴感。

「吳玄英……。」九爺檢視她的姻緣屬性。小柴接收她焚香祈求的訊息，回稟師父：「她喜歡的人叫周樂明，他們的生日分別是——」

「唔。」九爺調出資料：「她的姻緣類別是『因果型』，巧的是她喜歡的周樂明，還是她的因緣人，這兩人湊一對沒問題。」

壇下，吳玄英擲筊，九爺揮手允了，同時恭喜徒兒：「你運氣真好，這兩人有緣，應能速成。」

「也該給我來點簡單的，上回那個鬼婆婆把我整慘了，差點連冥婚都搞了。」小柴又好奇問關爺：「關爺，吳玄英帶戰酒跟你求什麼？」

「問幹嘛？你又幫不了。」關爺樂呵呵地搧聞戰酒香氣。

維度不同，玄英看不見壇上的神明動靜，將月老御守放進大帆布包，拿出手機，到偏僻處跟遠在東京的周樂明通話。

「我剛才買了酒幫你拜拜。」

「妳不是在武陵農場？」

「你記錯了，『觀星活動』是昨晚，現在大家在台中用餐。我看旁邊有廟，就幫你拜了關公。」

「幹嘛拜關公？」

「關公愛喝酒啊？你參加調酒比賽，是不是該拜祂？」

「哦？是齁。」他笑了。「還是妳細心。希望這次拿冠軍，可惜對手都太強了。」

「能代表台灣比賽，已經很厲害了，平安回來更重要。」

「冠軍更重要，都失敗兩次了。」備戰無數次，他求勝心切。

玄英都替他緊張起來了。關爺赤兔馬，據說能「日行千里」，能否跨海飛騎到東京，保佑周樂明拿冠軍？

玄英沒說，她還求了月老，擲出聖筊。倘若他如願拿冠軍，是否她也能如願，在月老幫助下，苦戀化暗為明，盼到他回應？

—♡—

你被拋棄過嗎？

被拋棄的當下，痛不欲生嗎？

那麼，你是否想過？

也許有那麼一天，你竟會慶幸，慶幸當初被拋棄。

只因那個人，根本不配擁有你。

或許運氣好，更或許是關公顯神威，決賽當天，周樂明靈感爆發，技術、盲測跟快速調酒等項目全拿高分。

最後，針對評審指定主題「毀滅與新創生」，他以日本當地的粉紅櫻花碎片與豔紅櫻桃果肉做素材，利用龍膽酒搭配清新草本植物，並以櫻花與櫻桃肉點綴其間，表達暗黑毀滅後的柔美新生，從深沉走向清透。再以乾冰造煙霧，營造死而復生的視覺效果，戲劇性與藝術感兼具，成功奪冠。評審頒獎時，觀者歡呼，大家都被有著爽朗笑容的台灣男子征服。他濃眉大眼，輪廓秀氣，有著小鹿般的純淨眼神，很得人緣。和那些自認長得帥就要酷的男子不同，周樂明溫和有禮，總是面帶笑容，顯得人畜無害。彷彿靠近他，就被淨化。

但，果真如此嗎？

在酒店大廳沙發區，周樂明穿著三件式格紋西裝，靦腆笑著，回答男記者的各項提問。

「請問周先生有最想感謝的人嗎？」

「吳玄英小姐就是我最感謝的人。」他果斷道。

記者微愣，隨即笑道：「女朋友？」

「這我不方便說，我不希望給對方壓力。」

「哦，理解。我猜是暗戀對象？」

周樂明笑而不答。記者揶揄他：「感覺有點曖昧喔？」又檢視筆記。「資料提到十年前，你發生過嚴重車禍，顏面受損，甚至可能殘廢。可是看您剛剛舞台上的表現，完全看不出來有過這麼嚴重的傷勢。」

「唔，仔細看的話，兩邊臉還是有疤痕。我花了很長時間手術跟復健，醫生也認為是奇蹟。」

勵志背景讓記者振奮，忙追問復健過程。聊到最後，當記者闔上筆記準備結束時——

「對不起，我可以補充一件事嗎？」周樂明忽然要求，記者忙比出請的手勢，指示攝影師架好鏡頭。

周樂明斂住笑容，對鏡頭正色道：「我想對前女友說：『幸好被妳拋棄，我才會這麼成功。我很慶幸，當初跟妳沒結果。』」

也只有在那一瞬，陽光般爽朗的周樂明眼中閃過恨，渾身透出寒意。

記者要攝影師特寫，感覺他陰暗眼神，很有事喔……。

有時，「恨」比「鼓勵」，更讓人有動力。

是恨，推動周樂明前進，教他渴望成名，要讓前任看見，後悔在他最慘時拋棄他。

—♡—

十年前的二月三日。

周樂明記得那個可怕的夜晚。他開車去學校接馮蘭婷，遭遇車禍，重傷住院。昏迷時，她沒關心，甚至提前出國唸書，像是怕被拖累，像是當他累贅，拋下他像斷尾求生的蜥蜴，像逃避惡鬼般遺棄。讓他在劇痛中甦醒，面臨她的斷崖式分手。

曾經，蘭婷二十四小時都想跟他黏在一起。她愛撒嬌、愛討抱，去哪都想跟，甚至嫉妒他跟好友吳玄英的友情。

「男女間不可能有純友誼。」蘭婷介意，為了讓她放心，他跟玄英外出必帶她，即使玄英不爽，罵他見色忘友。

那時，他是工藝系草，是大學裡的風雲人物，為了愛情，他變成溫馴聽話的女友控，像隻乖羊，遭人訕笑，也甘之如飴。

只因為他對蘭婷一見鍾情，迷戀至極，直到遇難歷劫，才發現她差勁。幸好，還有玄英不離不棄，陪伴鼓勵。那時，他才理解，真心愛他的人是誰。

玄英見過最狼狽、最沒尊嚴的他，她都沒離開。

一場車禍，看懂人性。周樂明這才明白，為何人們都說，過生活要選愛你的，而不是你愛的。

如今，他終於重新證明自己的價值，再次站上巔峰，他激動不已。除了想立刻跟玄英分享，更熱切盼望那個人看見。

馮蘭婷，妳看到了嗎？沒有妳，我過得更好。

這些年，我詛咒妳，盼妳不幸，願妳厄運，我祈禱妳也嚐嚐我的處境，身陷絕境還被愛人拋棄。

—♡—

基隆著名美景「情人湖」位於大武崙山腰，是當地唯一的高地湖泊，更是許多戀人約會聖地。諷刺的是，浪漫湖畔，今日發生凶殺案。

天色陰灰霧氣重，正午剛過卻暗似傍晚。停車場內，警車紅燈閃爍，遊客皺眉議論。

一旁的步道深處，命案現場已拉出封鎖線，記者聚集，警員奔走，鑑識人員圍著草堆中的大體忙蒐證。

身形極高的男子穿鑑識科背心，長手長腳忙著指揮組員拍照記錄。他是組長陸言川。

另一側，兩名警員守著乾瘦白髮的駝背老婦。她是報案人，死者女友，還是凶手。年約六十幾，凌亂短髮，穿顏色洗到混沌的尼龍衣褲，踏雨鞋，是市場常見的平凡老婦。她戴著手銬，目光盯著大體方向，嘴裡喃喃不知唸什麼。兩手都是乾涸血漬，右手虎口有裂傷，是砍殺時力道過猛而導致。

吳玄英跟殯葬同事趕到現場，她是獨立接案的遺體修復師，此時與同業待在僻靜角落，等鑑識完成後送殯儀館，檢察官已在那邊準備相驗。

殯葬業兩名男代表邊抽菸邊扯淡。不知還要多久，玄英拿出手機觀看。方才接到通知，周樂明的採訪影片剛看了一半，此時，口罩藏住笑意。

周樂明公開感謝她，玄英強裝鎮定，心中暗暗狂喜。手機塞回牛仔褲後口袋，強裝輕鬆，隱藏心中衝擊。

玄英打量凶手，聽一旁同業聊凶殺起因。

凶手想挽回另結新歡的小男友，但他堅持分手，還拒絕償還由她幫忙作保的欠款。得知自己被利用，甚至要扛千萬債務，婦人告到警察那兒也沒用，在警局還被小男友羞辱。

「什麼感情詐騙？拜託，是她自己借錢求我用的。我也是有愛她喔，不然這種老太婆你們啃得下去？都魚腥味——」

警員沒輒，只能放走他。

小男友撇清關係，拿她殺魚去鱗辛苦掙到的錢買奢侈品，結交新歡，最後還笑她腥？為了小男友，老婦甚至跟唯一的兒子鬧翻。

她一無所有了，一無所有的人也無所畏懼，像枚自殺炸彈。她用計騙他出來，騙到過去他們常遊歷的情人湖畔，假意送禮，走到暗處時，她拿殺魚刀瘋狂斬殺負心人。

玄英同情凶手。她清楚，為愛發瘋是什麼滋味。越是真心愛過，被辜負就越瘋；像中邪，持續咒罵嚎哭，拒絕接受現實，甚至喪失理性鬧自殘。那些，她目睹周樂明全走過，幸運的是他走出來了。

差一點點，他就跟這凶手一樣，愛後毀滅。

那些在分手時，能說出「我祝你幸福」的，會不會是因為愛得不夠深？

濃蔭密布之下，蕨類簇擁間，素樸老婦滿手血，微駝著背，陰沉沉的，像著魔的野獸。

玄英想著，假如她也像周樂明，能將恨意轉為動力，是否就可以避免一樁憾事？

跟組員交接證據後，陸言川褪去手套，接過保溫瓶，走向吳玄英。

「三十七處刀傷，臉都砍爛了……。」打開手機照片，他交代玄英修復時避開幾處傷口，有可能要再驗。「家屬已經在路上，會再跟你們聯絡。」

「理解。」

「才剛從山上觀星回來，就遇到這種事……。」陸言川嘆息，拿礦泉水澆淋雙手，噴酒精消毒。「怎樣，妳朋友比賽如何？」他問，一邊擦乾雙手。

「拿冠軍了。」

「喔？不錯嘛。」

共事多年，他們無話不談。不想跟爸媽傾訴的苦惱，玄英只跟他說，包括多年苦戀。

於公於私，長她五歲的陸言川，總能給她好建議。唯獨愛情，她從不聽他的勸。

陸言川扭開保溫瓶，白煙噴湧，茶香漫開。傾一些在地，敬鬼神，再滿一杯給她。

「提提神？」

「嗯。」接來啜一口，身體暖，腦子都醒了。陸言川的濃茶最來勁。玄英戴上手套跟同事示意。「我們過去了。」

「等等。」他劃了根火柴，讓陽剛的硫磺氣化去陰雜。「好，去吧。」

當玄英跟同事整理大體，準備後送殯儀館時，月老師徒也在現場，站在凶手後方。

九爺持龍頭杖朝天空劃開，小柴震驚，但見層層密雲破開，其間盤桓三頭黑色饕餮，搶著吸食黑氣。黑氣如絲線一注，從凶手百會穴湧出，直入雲霄。

「鬼怪妖獸，最饞怨恨氣了。」九爺說。

「可是我曾聽說饕餮是神獸啊?」

「那是食靈氣的饕餮，身披白毛，助神鎮邪祟。而貪食怨氣的，凶狠暴戾，是貪愛嗜血的怪物。」

「由愛生恨真不值得，傷人損己還引來饕餮。」

「善念招吉神靈獸相隨，怨惡念，自然吸引妖魔鬼怪作伴。」九爺睨著他問：「怎樣，得知個案工作後，有什麼想法?準備怎麼撮合她跟周樂明?」

「既然他們朋友以上，戀人未滿，還有過共患難的歷史……唔，我考慮來個絕無僅有的安排，必須是我月小柴的代表作。」

「你不用太努力也不要太華麗，更不用過於別出心裁或驚世駭俗，他們已有感情基礎，不需你用力過猛……。」這是為自己擔心，小柴且收斂求你。

「話雖如此，師父，這就是我跟你們老神的不同。我沒有職業倦怠，我不會因為案件簡單就隨便，我必須每次都投注百分之百心力跟用力，這樣對個案才公平！」

「我讓你輕鬆，你還批評我？」九爺冷笑。「要大搞特搞你就搞，別累我就好。」

「師父別扯我後腿就好。」

「徒兒別使性子就好。」

「師父莫陰我就好……。」

月老箴言

020

吉

被拋棄的當下，痛不欲生。

但也許有那麼一天，你竟會慶幸，

慶幸當初被拋棄。

只因那個人，根本不配擁有你。

02

殯儀館獨立空間內，孤寒涼冷，只有強力排氣運轉聲。四面是白亮磁磚，不鏽鋼檯上置大體，一旁工作檯面，整齊排列著工具。

防腐福馬林、大體清潔劑、吸水紙、紗布、手術剪、縫合羊腸線……。

玄英置身其中，自在熟練地操作工具。

這是另一個沉浸式世界，這世界有嗆鼻的消毒水味，非一般人可以忍；環境嚴肅，更需強大心臟。常常面對受損嚴重的大體，情緒也變得克制壓抑，好容易就看淡身外物，更重視精神的潔淨。

比如，愛得專一又純粹。

但是……用情深的人，會有好下場嗎？

人人歌頌情深可貴，然而看看新聞讀讀八卦，痴情人往往沒有好下場，負心人轉頭愛新歡。多情不壽似乎是真的，到底該不該認真去愛誰？

每次遇到情殺案，陸言川事後總長吁短嘆，常跟玄英說：撇除皮相身分地位和記憶，那個你瘋狂愛上的，不過就是一團「肉」。

為了想霸占那團肉而發瘋，瘋到起殺意？明明曾擁在懷裡，後來恨到要揮刀相向，玉石俱焚，連自己未來都葬送？那不過是一團肉啊！還是團會隨時間老去敗壞的肉，為霸占一團肉而毀掉自己，值得嗎？

一團肉的比喻，真是玷汙愛情。

玄英覺得，陸言川是沒認真愛過誰。只要對誰付出過真心，自然希望對方真心相待，如果遭遇背叛，當然崩潰又瘋狂。

愛情如果能理智，也失去獨有的魅力。

玄英不時變換姿勢，減輕久站的腿部不適。她利用塑形棉填充塌陷的臉頰，抽取金屬絲固定凹折的手臂，排放夾板支撐歪損的小腿。

她頻頻伸展酸痛的腰，才能一再彎身縫合破裂臉皮，又在凹陷軟爛處塞入海綿填充物。終於在細心處理後，大體漸漸完整。

她常這樣獨自面對亡者，在反覆修補過程裡忘記時間流逝。

大學畢業後，她原本跟周樂明一起進陶藝公司，哪知後來周樂明出意外，她想幫周爸爸才轉至高薪的殯葬業，跟著前輩學習大體修復。本來就喜歡雕塑，修復大體，別人覺得恐怖，做久了，玄英也習慣了。能把破碎軟爛的，重新完整建立撐起，她認為這也是一種藝術的實踐。

可惜媽媽老覺得她是為愛犧牲。

這哪叫犧牲呢？與其當個不食人間煙火、浪漫的大藝術家，能務實賺錢又能撫慰亡者親屬，她感覺自己更偉大。這也許是她虛榮，又或者是有自知之明。外貌平庸，不擅社交的自己，更適合當遺體修復員，還能掙得滿意報酬。死人不生事，也不鬧情緒，撇開環境需克服，她對這工作很滿意。做出成績後，轉成自由接案，時間更彈性，對工作也更滿意了。

這一路縫合修補的職涯中，在她跟周爸爸輪流照顧下，周樂明的人生也從破碎拼湊到完整。

玄英不讓周爸告訴樂明，這些年，拿房屋貸款作手術費是遠遠不夠的，她暗中支援大量金錢，還因無力請看護，自願跟周爸輪流照顧樂明。幸好，周樂明總算好起來，不但工作順利，如今更拿下調酒賽冠軍。

了不起，玄英想到眼睛就紅了。她為他驕傲，她與有榮焉。

處理完大體，洗了澡，她換上乾淨衣服，回家。

當玄英拎著工具箱，揹著大帆布包爬上五樓住家時，老舊帆布包底突然迸裂，銀色保溫瓶滾落——

「唉呦！」後方響起媽媽的驚呼聲。

王淑惠拾起保溫瓶。跟樸素女兒不同，在服裝公司上班的王女士，一身豔紅靚裝，戴時髦貝雷帽，大波浪捲髮，妝容精緻，五十八歲仍像摩登女性，與其說是她媽媽，更像是姐姐。她可以去拍精緻女性的下班生活了，而她的寶貝獨生女則是粗糙對照組。

看看女兒千篇一律的馬尾髮型，舊牛仔帆布大包，駝色老外套，黑色直筒褲，中性平底鞋……嘖嘖嘖，已經夠老氣了，現在那只被她嫌棄無數次的包包終於完蛋了。

「英英啊，妳賺的錢我都沒拿，怎麼連個包都捨不得換？用到直接裂開，我也是服了。」

保溫瓶丟向女兒，玄英接住，抱著底部破洞的包，單手開門進屋。

媽媽跟在後頭抗議。「保溫瓶也是，那麼多刮痕還不換？妳這樣人家還以為我 Vivienne 吝嗇。也不想想妳媽在服裝公司工作，顧一下我門面好嗎？」王淑惠不喜歡菜市場名，給自己取了時髦英文名。

精緻的王女士一回家，沐浴更衣，換絲質洋裝，點精油蠟燭，哼著歌進廚房料理蔬果沙拉，還打了養顏蘋果汁，按下法國香頌音樂煎起雞腿排，不忘架妥手機，跟遠端的中東男子視訊。

「哈囉，Maximus。」

「Oh honey, how are you today? You are my everything. I think about you every second of the day.」

廚房響起親暱的英文對話，討論近況、世界局勢，情話綿綿。當男方開始聊起他正在執行的祕密軍事任務，討論幾時要來台灣會面時，螢幕小方格中，淑惠的臉旁突然出現女兒陰沉的臉。

「Get out, I've already called the police, scammer.」玄英怒斥詐騙仔。瞬間斷訊。

「搞什麼？我跟朋友在講話！」

「這詐騙妳不知道？」

「我知道啊，他想詐騙我的錢，我就詐騙他陪聊天。不然呢，女兒會誇我漂亮叫我寶貝？我要靠妳哄，都不知道要糙老幾歲。要是怕我被詐騙就多陪陪我，像陪周樂明那樣耐心，我就阿彌陀佛感激不盡。」

好喔，家人莫翻舊帳喔。玄英撤退，溜回客廳縫包包。

王女士才不饒她，追進客廳罵：「妳碰上的才是詐騙仔，什麼甜言蜜語都不用，什麼責任都不必扛，就這樣曖昧不明耗掉妳青春！時間是金錢，青春也是錢，那小子幾時還錢來？」

她罵完回廚房，端一盆葡萄上桌，玄英見了抗議。「又是麝香葡萄？跟妳說台灣的就很好吃，幹嘛吃進口的？妳不要月底錢花光又跟我借。」

「這叫生活品質，妳懂嗎？」

「這叫『華而不實』。」

「總比妳白花花付出，啥都沒『實』到得好。不對，有實到，『蝕本』。」王女士拿手機，狂拍菜餚，又坐下，端起紅酒，濾鏡大開，微笑搞自拍，臉紅紅地發給朋友看。

見媽媽笑得一臉陶醉，熱絡地跟對方叮叮咚咚 Line 起來，玄英立即猜到怎麼回事。

「又是哪個小男友？」

「想看嗎？哪，帥吧？」她展示手機相片，宛如大學生的白淨小鮮肉，不知又是從哪個交友軟體聊來的。

「人家知道妳快六十還有老公嗎？」玄英坐下吃飯。

「就線上曖昧，提這幹嘛？」

「妳這也算詐騙。」被傷過的小鮮肉不計其數啊。熱衷曖昧，拒絕負責，一旦對方認真，又裝誤會一場，玄英不解這樣蜻蜓點水，到處沾惹的愛情，有什麼意義？

「妳爸又沒意見，我們都說好各玩各的。」

「那麼想玩，為什麼不離婚？」

「妳懂什麼離婚？那不是兩個人分開，是兩個家族甚至房屋汽車不動產的災難，唯一得利的只有拿錢辦事的律師。我們婚內失戀，離而不分，這樣才最聰明。」

「你們兩個一下交男朋友，一下換女朋友，搞得我很混亂。」

「這樣就混亂，代表妳太淺。放心，再亂也沒幾年，以後繼承遺產就知道，沒有小爸小媽小弟弟小妹妹吵著跟妳爭產，多好。這就是父母對兒女的愛，總是看得比兒女遠，就算兒女不領情。」

「我又沒說你們對我不好，我只是不喜歡你們褻瀆愛情。」

「愛情？齁，好，我們就來討論愛情。」王女士啜一口紅酒，雙手抱胸，戰力拉滿。

糟，玄英警覺到自己不慎搞出另一戰場了……。

「我看見新聞了，我知道周樂明拿冠軍了，他很感謝妳，然後呢？又怎樣？記者問他你們的關係，他說什麼隱私啦，怕給妳壓力啦……這就是場面話。他怕什麼？他就不敢把關係說死。妳笨，才聽不出來。妳對我這個當媽的挑三揀四一堆意見，妳跟他講話也這樣嗎？我敢說妳在他跟他爸面前，屁都不敢放一個。」

奇怪，為什麼痴情的人在現代這麼難生存，到哪都被抨擊？

玄英低頭喝湯放棄反抗。早唸完早清淨。

但是媽媽經一開就無止無境。「我跟妳說過多少次，愛情不是這樣談的。拜託妳張開眼睛醒一醒，他要喜歡妳早跟妳告白了。妳都喜歡他多久？從帥哥到殘疾人士又陪到他正常跑跳能去比賽，這麼偉大妳都不累？虛耗自己滿足對方，就不算『褻瀆愛情』？妳都幾歲？還要等他多久？」

「慢慢來有錯嗎？我討厭速食愛情，細水長流才會久——」

「細水長流也要流對地方！」王女士咆哮。玄英肩膀一抖，頭更低了。靠夭，果然不該頂嘴，老媽罵得更凶。「細水長流？齁，流去哪？妳這是流成一灘死水！死水只會爛掉長出不好東西，還引來蒼蠅蚊蟲！死水不會滋養妳，死水只會腐爛妳！」

玄英開始切雞腿吃。她口拙，講不贏媽媽。

王女士邏輯清晰地教訓女兒。「今天如果不是我跟妳爸經濟條件不錯，妳能攤上這樣奢侈的愛情啊？出錢出力、全力以赴去愛他？妳低著頭幹嘛？妳說話啊?!」

「我又不像妳喜新厭舊，我就喜歡專一深情地好好愛一個人愛到底。」

「不要因為對爸媽的生活方式不爽，就走什麼極端路線。妳是我生的，妳什麼德性，我一清二楚。妳再怎麼遷就討好，也不保證他會愛妳。你們不適合，醒醒吧！春夢做太久，已經變惡夢，他在浪費妳的人生。」

「媽就是對他有偏見，他受過傷，要再談戀愛需要時間。」

「我對他的人品沒偏見，我有偏見的是他明擺著知道妳喜歡他，不明確拒絕也不乾脆在一起，這樣不清不楚晾著我女兒幹嘛?!」

沒食慾了，玄英起身要離開。

「坐下，飯都沒吃去哪？」

「縫包包。」

「還縫個屁？丟掉！」

王女士吃炸彈了喔，火氣這麼大？玄英小心地回：「幹嘛丟啦，這是我用過最好用的。」

「最好用？妳用過幾個？全世界的包？妳參數多少？笨女兒。」

玄英懶得說下去，起身離開，去沙發縫包包。

眼看勸不動，王女士緩了口氣。「好，妳放不下他，妳就是愛他，那麼妳就得狠下心。只是傻傻付出有什麼用？男人重視外表，跟妳說多少次，穿性感點，用漂亮東西，改變髮型打扮，才能吸引他行動。妳一直努力在錯誤的地方有什麼用？」

玄英直接回房。她從事殯葬工作，是要怎樣打扮花枝招展？有沒有想過客戶的心情？

忽然門外響，快遞來了。

王女士雀躍的聲音響起，甜滋滋地女兒女兒喊著，打開她房門。

「英英真壞，給媽媽買一箱麝香葡萄都這麼低調，是不會講喔？」王女士笑咪咪地捧著剛到貨的整箱葡萄。

玄英賞了她一個白眼。「在蝦皮給妳訂的，妳不要又跑去百貨公司買，浪費錢。」

「我女兒就是這麼可愛。」王女士摟住玄英，不理她抗拒，硬在她臉頰親一口，被女兒推出門外。

老媽真幼稚，老愛跟周樂明搶關注。

睡前，玄英看著手機裡一張張跟周樂明的照片，又拿出月老御守撫了又撫，默默喊話——

周樂明，拜託，你要爭氣，快跟我告白，快回應我的感情。拜託了！月老大人，你快快出動，求祢了。

—♡—

自從出車禍以後，周樂明單身至今，不敢戀愛。因為他發現，談戀愛等於在談命運。

他永遠記得那晚的事。出事前，他們通過電話。

「晚上我們去逛夜市，看妳想吃什麼。」

「我不想逛夜市，我們隨便買點東西去看電影好不好？」

「好啊，妳先想好要看什麼，我現在就出發。」

那場電影，永遠沒散場。因為相約看電影的人，中途就離散。

周樂明萬萬沒想到，那個極尋常的夜晚，極普通的家常話，就是他跟馮蘭婷的最後對話。

他從公司出發，半小時車程，就被闖紅燈的汽車撞上。撞他的是恍神的吸毒少年，無照駕駛，老爸入獄服刑中，媽媽不知道是誰，阿嬤領低收過活，少年靠販毒賺錢養自己買車開。

不幸的問題家庭，製造出更多人的不幸。

死豬不怕滾水燙，出事沒人負責。受害者就算有法律當靠山也沒用，事實是哪怕花大錢告死對方，判到天價賠償，對方沒錢，兩手一攤擺爛，又能奈何？只能吞了。

周樂明重傷，老爸貸款籌錢醫治，女友驚恐嚇到落跑。

他的世界一夕崩壞，從此絕境裡掙扎。最可憐一夕白髮的老爸，早年喪妻，好不容易靠著開計程車養大他，又遭厄運。

將災難一路往回追究，那就是如果當初沒有喜歡馮蘭婷，就不會因為開車接她，導致發生災難，命運一夕爆改。

所以……你以為你談的是「戀愛」？

不，你談的，是「命運」。

誰要敢輕忽愛情，就是在輕忽命運。因為當你愛上某人，你的對象就間接掌握你的命運，豈能不慎選？

那個人帶給你的影響，足以翻轉人生。

想到當年癱在病床，萬念俱灰，又被女友拋棄，周樂明悲痛咒罵，甚至想自我了斷。

臉面疤痕經過無數次美容，僅剩淡疤。腿部傷損，因積極復健有奇蹟，一年後重新行走，他康復了。

但只有自己知道，他沒好。

因為失戀，也像一次嚴重事故，殺傷力太大，體膚的傷痊癒了，然而內在已殘障。馮蘭婷的冷血無情，讓他的傷從肉體又傷到心裡，靈魂都黯淡。

當人生風雨驟降，戀人們或者攜手勇敢面對，或者抱團一起墮入深淵。而他，是獨自被扔在風雨中的人。

從此他不再期待幸福，也不祝誰幸福。因為他體會到——「幸福」，是從「不幸」長出來的東西。

唯有經驗到不幸，人才會具體感受到幸福。

例如，每日起床走路上學上班，不會意識到僅僅「走路」，有何幸福？直到殘廢，無法站立，當有一日又再站起，「站立」的那一瞬間，就會被巨大的幸福淹沒。

就像他病到失去自尊，連排泄都要靠人幫，那麼當他又能憑己力拉屎撇尿，這等粗鄙小事，也能讓他感動到產生巨大幸福感。

所以，他不再期待「幸福」，因為那往往是「不幸」的前奏。

所以，他戰戰兢兢，維護如今的生活。積極拿冠軍，揚眉吐氣了，才終於從漫長的自卑惡夢裡甦醒，終於感覺自己又能抬頭挺胸了。

成功讓他亢奮，對著鏡頭，朝著如今不知在何方的前任嗆聲，就為了讓她看見，一吐怨氣。

冠軍夜，回飯店房間後，心情仍激動，他徹夜不眠，回想一路漫長的苦難，又笑又哭，喝到爛醉，他為自己的堅持驕傲。

他以為自己完全好了，以後就會快樂了。

但是，第二天醒來，他竟陷入嚴重低潮。

他出門，在東京街頭散步，被莫名空虛感襲擊。

勝利真香，嗆聲真爽，他戰勝命運的魔考，怎麼才一天就墜深淵？他漫無目的地走了很久，走在擁擠的陌生人群裡，心裡卻空洞洞的。

成功很甜，但沒甜過一日。

他，怎麼了？

這莫名的空洞感，讓他有點慌。感覺人生像是仍少了什麼，某種說不清的什麼，他恍惚不安，不知未來還要努力什麼。這種沒一絲重量的虛無感，教他像失錨的船，在人海亂盪，盪得心慌。

月小柴知道他怎麼了，還知道怎麼治他的病。

成功但茫然，是因為沒伴侶分享，快樂就難持久。就像痛苦有人陪伴，就能挺過去。

沒關係，小柴即將大顯神威，終結他的空虛寂寞冷。

在了解個案背景後，小柴發揮奇思妙想，草擬計劃，請示九爺。這是他登神前的倒數第二對，他熱切盼望來個代表作。

九爺閱畢大驚。「你確定？我沒見過這樣搞的，有必要嗎？」

「有必要。」小柴目露凶光，勢在必行，否則翻桌喔。「我要給這個老摳摳的團隊注入新氣象，過去那些老套手法，咱們別再用！」

九爺拿企劃書掩面，頭痛。

「我看看。」關爺在一旁擦刀，好奇拿來看，看了驚呼：「為什麼又有我？恕我拒絕。」

「恕我拒絕你的拒絕。為什麼有你？你說呢？」小柴陰著臉問：「我也想問兩位為什麼，為什麼聯手搞我？又是黑白二狗又是贗品龍頭杖，是不是嫌實習生小咖，就可以隨便玩？」

他知道了？被虎爺出賣了？

闞爺閉嘴，專心擦刀。九爺拿回企劃書，微笑搧風客氣道：「行，我尊重年輕人的創意了，我們都支持你。」

「說到做到，不要再背刺我。」小柴鬥志高昂，一彈指。「走！」

—♡—

凌晨，周樂明剛收完行李，準備明日退房回台灣。

睡前，他先跟玄英 Line 聊，她問了班機時間好去接他，閒聊一陣，熄燈睡覺。黑暗裡，迷迷糊糊中，他做夢了……。

他在詭異的餐酒館用餐，吧檯後有個高壯、臭著臉的黑人酒保，長相嚇人，留絡腮鬍，銅鈴般的大眼怒氣騰騰。

周樂明納悶，酒保長這麼凶，不怕顧客嚇跑？難怪生意冷清。

這裡的吧檯桌面，四周牆面，甚至餐桌鐵椅，全是粉紅色。
天花板有一盞球燈，銀燦燦地旋轉。
周樂明怔看著，一陣暈眩。
此時，前方的男客忽然站起，轉身走來。他容貌英俊，銀髮束在腦後，舉止優雅如明星。一身白西裝，是很有魅力的中年大叔。
他對周樂明微笑：「我準備求婚，可以請你幫個忙嗎？」聲音充滿磁性，彷彿能誘惑人心，周樂明立刻答應了。
「當然，怎麼幫？」
「很簡單。」大叔將手機遞給他。「待會兒只要聽見我咳嗽，按下這個音樂播放鍵。」
忽然一陣怪風，砰地大門被推開，球燈激光迸射，燦亮了來人——高䠷女子戴著墨鏡，暴風般地華麗登場了。周樂明驚呆。
哪來的怪咖?!
她一頭染橘的蓬鬆短髮，誇張濃妝，身披黑色皮外套，同色皮裙又窄又短。她妖嬈地晃著白皙大長腿走來，紅色高跟鞋踩得蹬蹬響。

她坐下，摘墨鏡，對大叔一眨眼，甜滋滋道：「親愛的，等很久了嗎？」說著，撩撥捲髮。「今天這個髮型怎樣？你說，我美不美？」

夜長夢多快點收工！大叔低咳。

收到。周樂明按下播放鍵，情歌響起。

九爺掏出鑽戒，眉頭一皺，不得不地跪下去，遞上鑽戒。

女人捂嘴驚呼，神態超誇張。「喔買尬，天啊天啊天啊！你這是……這是在跟我下跪求婚嗎？噢買尬，我要哭了啦……！」

好浮誇的演技。九爺忍耐。「嫁給我吧，親愛的。」

「哦！」女子噴淚，嘴角抽搐幾下，終於狂喜地喊出他的名。「卡斯皮安・費爾法克斯（Caspian Fairfax）……」

「是。」

「你終於看見我的真心，我以為多年的付出，永遠、永遠、永遠等不到你回應……。」

「怎麼會？我像那種忘恩負義的負心漢嗎？」

這話一出，周樂明心虛地抖了一下。

大叔握住她的手，發音流暢、非常專業地一口氣喊出她的名。「瑟蕾絲蒂娜·費爾布拉瑟（Celestina Fairbrother），我不是鐵石心腸，妳的付出我都深深感動著。」

感動到拳頭硬——是誰給你的取名靈感？

此時，黑人酒保拿來麥克風，好同情地對九爺說：「來，拿好，將你對瑟蕾絲蒂娜·費爾布拉屎的感激大聲說出來——」

「瑟！是瑟蕾絲蒂娜·費爾布拉瑟。」女子怒斥酒保。

「瑟蕾絲蒂娜·費爾布拉『瑟』。」關關青筋浮現，拳頭硬。

九爺接下麥克風，清清喉嚨，說出企劃書中特別標紅線的重點對白，對白旁還用三角形符號指示表情：**請用感人肺腑、嘔心瀝血的口氣唸**。

九爺以低沉感性的嗓音，娓娓道來求婚詞。「親愛的，在我人生跌到最低谷時，妳，接住我。當我遭受命運痛擊，連我都不相信自己會好時，妳，留下陪我。在我最落魄時，我不敢愛；當我事業不穩，也沒勇氣愛。現在，我的人生又來到高峰，換我回報妳了。妳曾陪我共患難，如今，我將榮耀都獻給妳，請與我共享未來。妳願意嫁給我嗎？」

一陣令人緊張的沉默

周樂明深受感動，看來這位大叔也曾慘過，也跟他一樣，都有個不離不棄的好女孩陪伴。

終於，被求婚的女人反應過來了。「喔，卡斯皮安．費爾法克斯。」她從座位跳起。「我願意，我太願意了！」

她哭了，張臂奔向男人，突然就往他身上跳。九爺嚇得趕緊接住。她又忽地往後一躺，笑喊：「旋轉我吧，卡斯皮安．費爾法克斯，讓全世界見證你我的愛，讓全宇宙為我們歡呼！旋轉我，抱緊我，讓我們再也不分開。快！」

亂加戲，真欠揍！但戲在走、周樂明在看，九爺不得不照辦，把小柴轉得咯咯笑。

唉，這瘋癲咖，真能讓他登神？創新是很創新啦，都造夢給個案了，但夢被這樣亂入，搞得像一場秀，這方法能成嗎？九爺懷疑。

戲落幕。

夢醒了。

月老造夢給暗示，周樂明收到沒？

他驚醒，人恍惚，思索一路高低起伏前半生，是玄英接住他，陪他挺過低谷。她對他的感情，他豈會不知？爸爸也積極暗示他跟玄英在一起，他還要裝糊塗嗎？蹉跎這麼好的女人？

對愛情的浪漫憧憬已死，現在，當他又站上人生高峰，這裡面有很大部分是玄英的功勞。

也許，就這樣跟她定下來，這就是最好的結局。

有個一起生活的伴，不需轟轟烈烈的激情，只求個平穩的生活。

於是，在充滿暗示的夢境後，凌晨三時，望著窗外璀璨的東京霓虹，周樂明有了決定。

明日登機前，先挑婚戒，近期就跟玄英求婚。

他已經能想像玄英跟爸爸會有多高興。

—♡—

「看看這個手帕，很精緻吧？」

玄英接樂明回家，一進屋，他就忙著獻寶。「還有這個，招財貓，有夠可愛。這個也是，我看這個手工陶杯很特別，買來給妳用。」

全是從東京帶給她的禮物，玄英很開心，周爸在旁敲邊鼓。

「妳看他多過分，都沒想過給老爸買禮物，滿腦子只有妳。」

玄英笑得更歡了。

周樂明撈出禮物給爸。

「你也有。看看，是『峰』，日本的菸。」

「一包菸就打發我？」

「氣管不好是想抽幾包？讓你抽就不錯了。」

父子倆抬槓，玄英拎著事先買好的食材，進廚房料理晚餐。

一間廚房不容二女，即使是母女。在自家，她幾乎不下廚，那裡是媽媽的天下。媽媽喜歡精緻美麗的西餐，玄英不同，長年面對冰冷大體跟低溫環境，她熱愛大火快炒、鑊氣滿滿的中餐。

周家沒有女主人，廚房任她使，周爸甚至空一間房給她休息用。

很快，三菜一湯，香噴噴上桌。

用餐時，周樂明興奮地講述比賽過程，玄英微笑聆聽，周爸不時插嘴提問。周樂明越說越起勁，跑去廚房，很快做出三杯雞尾酒。

「喝點酒，這樣才有慶祝的氣氛。」

「我先喝個水。」玄英進廚房倒水，背對客廳，從口袋拿出抗過敏藥吞了，才回去喝酒。

她遺傳爸爸的過敏體質，喝酒會過敏還起酒疹。但她沒講。她最深愛的人，如今是調酒師，而愛情，是最強的抗過敏藥。在愛面前，什麼過敏反應她都可以忍。

周爸心情大好，圓臉紅紅，一直笑呵呵的。「我啊，吃過阿英煎的蝦仁烘蛋，就再也吃不慣外面的，我只要有這道菜就能幹掉三碗飯。」

「爸，你就是配個豆腐乳也能幹掉整鍋飯，爸就是飯桶。」

「你敢說我？阿英沒來做飯，就是過期三天的御飯團你也照吃不誤，你是廚餘桶。」

玄英被他們逗笑。

手機響，陸言川打來了。

周家父子瞬間安靜，讓玄英講電話。

「唔，我看了。德國的 Sunlight 應該最適合你，收納空間夠多，而且你要當住家用，就要挑夠寬敞的……你那麼高，長手長腳的……嗯，嗯，好。禮拜天聊，掰。」

「是陸言川嗎？」周爸問。

「唔，他最近在看露營車，讓我給他意見。」

「川哥除了觀星，還是露營控啊？」周樂明讚嘆。「真懂得生活。」

周爸問：「他好像年紀也不小了吧？有對象了嗎？」

「沒有，好像三十八了。」

「呦，那都快四十了。之前聽妳說他是住宿舍吧？公務員收入高，有錢應該存著買房，買露營車幹嘛？真不會想，難怪沒女朋友。」

「不是那樣，川哥孝順，錢都讓爸媽住養老村了，不然他早就可以買房了。現在房子又那麼貴，他不想揹房貸才決定買露營車住。我覺得這樣聰明。開車還可以到處跑。」

周樂明問：「你們這個禮拜天也要去觀星？」

「對啊，那天七星連珠，十年才有可能出現一次，這次團員全參與，連家屬的話，好像有二十多人。」

「我也可以去嗎？」

「你要去？」

「我可以調酒請大家喝。」

「我立刻幫你報名。」玄英馬上登入群組填資料。

稍後，當玄英在廚房收拾時，周爸喊兒子進房談話。

「剛剛你有聽見吧？她跟那個陸言川走太近了，還幫他講話，我覺得那姓陸的可能對她有意思。喂，你到底打算怎樣？別等失去這麼好的女人才哭。我告訴你，我是認準這媳婦了，你小子到底還猶豫什麼？之前說沒錢，事業還不穩，不敢戀愛，現在呢？你——」

周爸閉嘴了，兒子拿出一對婚戒展示給他看。

「這對幾乎花光我的獎金。」周樂明說。

「花得好啊！」周爸一把摟住兒子，樂得直笑。

「這次陪她觀星，我打算求婚。我知道她對我好，我也想給她交代。」

「好好好，我終於可以放心。」

「還不能太早放心，誰知道她會不會拒絕我。」

「她拒絕你？你少來，你看你笑那個死樣子，明知道她心裡只有你。」

被深愛的周樂明，在求婚這事上毫無緊張感。它更像是給交代，讓老爸跟玄英滿意，回報他們長久來的照顧。

月老箴言

021

平

你談的是「戀愛」？不，是「命運」。
愛上某人，他就間接掌握你的命運。
那人帶給你的影響，足以翻轉人生。
輕忽愛情，就是輕忽命運。

03

彷彿得到全宇宙加持，觀星當日交通順暢，晴空萬里。眾人平安抵達山上農場，有的開始搭帳篷，有的租木屋，也有的選擇車泊，開始忙著尋覓最佳觀測地點，架起各種觀星設備，討論彼此的望遠鏡。

陸言川往常都跟玄英一組，但這回，她有心上人同行，他不好打擾，只能低調地自行活動。

周樂明一安頓好行李，將婚戒塞入口袋，拎起背包，就去約玄英散步。求婚場面不能寒酸，浪漫場布，隨時支援。月老師徒全程跟隨監控中，小柴拖緊龍頭杖，分秒都能即興發揮。

周樂明腿腳受過傷，山路顛簸，玄英勾著他的手臂走，怕他摔倒。

「山裡風景都差不多，我們回去吧？」才散步一會兒，玄英就想回營區。前頭都是上坡路，怕他的腳難受。但他堅持繼續往上走。

「我們去上面涼亭那裡。」

「不要，我中午沒吃沒體力爬。而且天快暗了，我想回去了。」玄英故意裝弱，不讓他辛苦。

這是她的體貼，他知道。

「沒事。我狀況很好。」他堅持。

玄英又去摘他背包。「那這個我幫你揹。」

「真的沒事，這很輕。」他閃開，牽住玄英的手。「我沒那麼弱好嗎？」

玄英頓時臉紅，心狂跳。第一次被他親密地主動握牢，這是不是代表他們……她臉紅，忐忑地跟著他慢慢登上涼亭。

天色暗下了，竟有蝴蝶翩翩來，繞著他們飛舞。彩蝶繽紛，教他們驚喜。

這自然是小柴手筆。

玄英拿出手機拍照。「你看那隻螢光的，我沒看過這種藍啊。還有那隻粉紅的，牠停在我手背上了，你看，快，幫我拍照——」

玄英轉頭催促，怔住了。

周樂明跪地，拿著一朵繫了戒指的粉紅玫瑰。

「吳玄英，妳願意嫁給我嗎？」

玄英淚意湧上，用力點頭，拿了玫瑰趕緊拉他起來，和他相擁。

此時，月色幽美，漸漸與群星排連成線。銀月光星閃耀，野生桂花香濃郁，玄英伏在他肩頭喜極而泣。

她心裡激動，謝天謝地謝月老。她確實感受到全宇宙為她的戀情加持，這一切太完美，我好幸福……。

我好慌！

小柴驚慌失措，跟九爺窩在灌木叢後。他們蹲地，瞪著姻緣鏡；他們震驚，看不懂怎麼回事？

吳玄英美夢成真，正在喜極而泣。月老師徒助她圓夢了，但——

「師父，我沒看錯吧？這進度條……？」

它持續後退中！沒看錯，不是前進，是後退！

「沒遇過這種狀況。」九爺也困惑。

進度條後退到零還不夠，粉紅進度條直接變綠條。婚都求了，感情線歸零；歸零就算了，直接負下去，刷地跌至負七十？

「靠么，是怎樣？婚都求了，很順利啊，師父你也看見了啊？這姻緣鏡是不是跟我有仇？我早就懷疑它跟我不對盤，馬的，什麼破東西！」

小柴炸了，拽鏡擲山谷，墜落暗深淵，但……？

沒幾秒，姻緣鏡又自己蹬蹬蹬地爬上來。

「妖怪！」小柴罵。

姻緣鏡繞著九爺轉，蹬跳著，彷彿有委屈。

「到底哪裡搞錯了？」九爺拾起鏡子，滑動鏡面，重播案件紀錄。「明明彼此是因緣人，屬性因果型……對啊，為什麼？」

小柴也過來，一起瞅著鏡中資料。

確實，吳玄英的姻緣屬性標示「因果型」，但——

等一下！九爺按住鏡面字體，放大再放大，再放得超級大。

師徒一同驚呼：「二？因果型二？」

小柴看向師父。「二是什麼意思？」

「原來如此。」極小的「二」，被鏡面裂痕遮蔽了。九爺解釋：「因果型第二類，是指互有因果的因緣人，假如在同一天都來拜月老，那麼他們的因緣強度就會加乘，成為牽線第一順位。但吳玄英來拜的那天，周樂明人在東京啊？難道……？」

九爺彈一下鏡面，回到吳玄英拜月老的當日。但見她擲筊時，有個男人在後方經過入口處，男人雙手合十，也鞠躬拜了月老。

按住鏡面，放大男人的臉。

「是陸言川！」九爺驚道。

「他跟吳玄英也是因緣人嗎？」小柴驚駭。

「糟了！」拍拍徒兒肩膀，九爺萬分同情地道：「以為這樁任務極簡單，如今失誤難上難，若能突破結此案，徒兒來日必高升啊必、高、升！」

「升到哪……？」小柴顫抖，咬牙切齒。

「是不是快崩潰了？別這樣，深呼吸，緩一緩。小柴，不管是做人還是做神，都要記得保持彈性，順勢調整，隨機應變喔！」

「變去哪？」上頭亂搞下面亂變，天下豈不大亂？

「你聽我說，就算湊錯對，但感情進度條退得這麼快，可見周樂明也愛得不堅定。幸好他們還沒結婚是不是？」

「啊！我氣死！」小柴抓狂嚎叫。九爺搶了龍頭杖，抱著姻緣鏡逃了，還不忘把武器帶走。

—♡—

就算有全宇宙當靠山，就算拜月老也如願擲出聖筊，但……有緣相戀卻難保證永遠，因為人心太善變。

某些緣分，又彷彿是天注定。

凌晨，玄英不觀星辰，窩在小木屋的房間打電話給媽媽，炫耀苦戀終於開花結果。

「我就說妳錯了吧？我就說沒愛錯人吧？什麼叫浪費我青春，人家直接就求婚了，這才叫負責任。妳以後不准再罵周樂明了，他是妳女婿喔。」玄英邊說邊笑。

她是那樣快樂，卻不知在另一房間，周樂明的心情與她天壤地別。

他失眠，推開窗，臨窗坐下，心事很重。

婚求了，跟他應該愛的女人，也牽住他應該善待的玄英了，現在，那股虛無空洞感消失了，但迎來的是沉重壓力，讓他好焦慮。

他們長年是友達以上戀人未滿，又都適婚年齡，婚姻大事定下，應該踏實了，人生後半輩子就這麼安穩地成家立業，跟可靠伴侶生育子女、孝順爸爸。

所有人都勸他珍惜玄英，哪怕全宇宙都在支持這決定，就連自己也認同這是最明智的決定。

但是照做後，沒有一點興奮感。

望著天空，點點星光，眼前風景浪漫，心裡全是殘酷現實。求婚完成，他心如死灰；擁抱玄英，他心如止水。

只有一個人，那該死的女人！

只是看著她，他就一塌糊塗，只要靠近她，他就亂七八糟，幾乎被毀，近乎死裡逃生。

那是「愛情」。

興奮到顫抖，想不顧一切撲倒她的衝動，那一股腦兒的失控感，全身像燃燒，成為一團火；熱烈亢奮狂亂又刺激，令他憎恨，卻難忘。

今天，當他抱著玄英，在那毫無波瀾的心境裡，他想起愛情的面目。

他曾被愛情席捲，受重傷，在玄英的陪伴下康復。但現在，他忐忑焦躁，又是因為那個人！

周樂明沒敢告訴玄英，就在求婚的這天早上，像被命運詛咒——他遇到馮蘭婷，相隔十年後。

—♡—

求婚那日，和玄英會合之前，周樂明先去花店買玫瑰。雖然玄英務實，他也有把握求婚成功，但總覺得欠她一個儀式感。

他走進花店，從繽紛花海間挑中一朵花瓣多重的桃紅色玫瑰，拿到櫃檯請店員處理。

「我要放背包帶到山上，包裝上可能需要……。」

當彎腰理貨的店員直起身時，他怔住。「妳……怎麼在這裡？」

「樂明哥？」她更震驚。「你……你都好了？」但見他容貌完好，四肢健全，她先激動，但很快低頭，不敢面對他目光。

在沒準備時遇到前男友，真討厭。此刻的她頭髮亂，衣服邋遢，感覺狼狽丟臉。

周樂明打量她。她變了很多，過去她愛穿洋裝，現在穿的是灰帽T牛仔褲，豐腴身形變得瘦骨嶙峋。

儘管如此，化成灰他都認得。

「妳在這幹嘛？」

「這我姑姑的店，我在工作。」

「鋼琴呢？不彈了？不是到德國留學？」

拿起玫瑰，馮蘭婷拿去刺鉗除花刺，又拿刀片刮去細部枝葉，俐落手勢看得他心緊。

削去尖刺時，他有錯覺，彷彿利刃剃的是他的心。

以前，為了彈琴，她很保護雙手，現在卻……他有滿腹疑問，但她明顯不想談。

老闆娘抱了一箱花卉進來，交代道：「這些都是邱小姐訂的。」

「好，我等下處理。」

周樂明拉她出去。「我們談談。」

馮蘭婷跟姑姑比個手勢，和他到外面講話。

「我在上班，不能講太久。」

「妳看見報導了嗎？」

「什麼報導？」

「我現在是調酒師，前幾天才在東京拿下錦標賽冠軍，新聞有報。」

「是喔，很好啊。」她微側身，不看他，只撥了撥長髮，回應很敷衍。

周樂明火大了，長久來費盡心思要給她好看，但她反應冷淡，平靜得像什麼都沒發生過，像他只是普通客人。

於是，他故意又說：「花要包好一點，不能壓壞。我晚上要求婚，妳也認識的，吳玄英。」

「哦？玄英姐啊。」終於有反應了，卻是嗤地笑出來。

「妳笑什麼？」

「果然。」

「果然？」

「那時我就說啊，男女間不可能有純友誼，早懷疑她喜歡你，你還否認。現在要結婚了，恭喜嘍。」

「妳他媽的胡扯什麼？」他忍不住吼：「我娶她，是因為我一出事妳就跑了！她不像妳，她陪我復健，把屎把尿看我這張破臉康復，陪我從殘廢站起來。要是沒有她，車禍癱瘓還被女友拋棄，我早就死了！妳他媽講得像跟妳沒半毛關係！」

平靜地任他咆哮完，她無所謂地笑著：「是喔？真偉大，果然是玄英姐的作風。那你結婚後可要好好對人家。」

就這樣？沒心虛沒內疚，更沒一句道歉？

周樂明胸膛劇烈起伏，握緊拳頭。

她還敢笑他？他曾瘋狂迷戀的女孩，最悲慘時，他憤恨地幻想過無數次，假如再相遇，她會慚愧，哪怕臉上只要一點愧色，他都會稍稍好過點。卻沒想過是這反應，冷漠、不屑，甚至嘲諷。

他這麼努力重新站起來，她怎能理直氣壯地面對重傷過的前任？如果她是男的，他早就撲過去揍她。

老闆娘聽見咆哮，出來關切。「沒事吧？」

「沒事，我很快進去。」

老闆娘遲疑了會兒，防備地看了看周樂明。「有事叫我。」回店裡了。

馮蘭婷跟周樂明說：「你等一下。」她進店裡，將玫瑰處理好，裝入透明長盒，拿出來給他。「這樣放背包兩天都沒問題。以前玄英姐也蠻照顧我的，玫瑰就當送你們的結婚禮物。」

「不需要妳送，總共多少？」

「Pink Floyd 比較貴，是進口的稀有品種，要六百。」

「便宜。」掏千元給她。「不用找，多的是給妳的小費。」

「好。」她也不客氣收下。

「鋼琴呢？不是想當鋼琴家？」

「還是有彈琴，在教堂。」指給他看。「就前面那間，我週末都在那當義工。怎樣，婚禮要來我們教堂辦嗎？需要幫你們伴奏嗎？」

「妳不尷尬？」

「尷尬什麼？」她還是那種輕浮的笑。「拜託，都十年了，樂明哥，你該不會還對我念念不忘吧？」

「妳也配。」

「是不配，你現在才知道？」

她以前不會這樣，輕佻的笑，輕浮的嘲諷，低級殘忍又沒水準。原來時間過去才能看清一個人的真面目，曾誤會她柔弱善良有氣質，看來都是愛情濾鏡在做怪。

這瞬間，他才意識到自己很傻，處心積慮報復，想給她好看，根本多餘。因為之於她，「他」早已翻篇。她不在乎了，他的憤慨怨恨全像是對空氣揮出的拳頭，打在虛空，都徒勞。

「妳真的是⋯⋯。」令人無言。他氣餒，從頭至尾，放不下的只有自己。

「沒事了吧？我進去了。」

他沒吭聲，但眼眶泛紅。拽著花盒，落寞得像個傻瓜。

她轉身走幾步，又踅返。「樂明哥，我好心勸你一句，如果不是真的愛玄英姐，就別娶她，這對她不公平。」

「妳又知道我不愛她？」

「你心裡有數。」

「少用妳自私的腦子揣測我們，妳懂什麼愛？我跟她才是真愛，不離不棄的那種。」

「不離不棄？」

「對，有她鼓勵，我才能成為厲害的調酒師。我創作的每一杯酒，她都第一個品嚐，在我心中，她的分量早遠超過妳。」

「聽你這麼說，我更確定了。」她又露出了那種不屑的笑。「我確定你不愛她。」

「妳是不是聽不懂人話？」

「你愛她嗎？有多愛？你不知道，玄英姐對酒精過敏？」見周樂明震驚，她冷哼。「你忘記了？你們畢業那天，我們三個人去喝酒慶祝，她全身癢還起疹子。玄英姐當時就說了，她遺傳爸爸的過敏體質，以後再也不敢喝酒了，你忘了？」

忘了，直到她提起。可是……「她喝我的酒都沒事。」

「也許她先吃了抗過敏藥吧？真是，玄英姐也太痴情了。你也是，這種事也能忘？你愛她？別拿別人的愛慕，滿足自己的虛榮心。我承認我那時拋棄你很絕情，但你，你更狠。明明不在乎她，還不清不楚那麼久，現在還求婚，讓她一直對你付出，你也是很差勁。」

「我差勁？我就是負責才要跟她結婚。」

「不愛還結婚，就是斷送她一輩子幸福。你個性好，但也卑鄙，我至少比你真誠。」

馮蘭婷說完就回店裡。

周樂明愣在原地，失去平靜。

總是這樣，讓人很不爽。只要遇到她，他就整個不好了。他混亂了，被她三言兩語就顛覆。

求婚前，他心事重重，老爸又不斷來電問結果，周樂明決定照計畫求婚。如果拋棄他的馮蘭婷可以若無其事，憑什麼他不能？

玄英一如預料般驚喜，所以他不斷告訴自己：我在做對的事，大家都期待的事，我走在對的路上，只是沒一絲歡喜，還有如千斤重擔壓身上。

婚都求了，也緊緊擁抱她。但是他們的感情沒有更緊密，反而更疏離。

馮蘭婷的話擾亂他。跟事事肯定順從讚美他的玄英不同，她總是刺激他，輕易擊潰他的自信。

她提醒他，玄英酒精過敏，他才想起為何每次興奮地跟玄英分享作品，她總先去喝水或上廁所，原來都是去吃藥，用她的健康成就他的夢想。

得知真相，他不感動，反而沉重。

這麼體貼，讓他有窒息感。

玄英太好了，好到面對她時，他有罪惡感，像欠下巨款的人，而這個債越來越龐大，如何還清？每次對玄英好一點，還掉一些情債，她又付出更多，給出更多，而他又欠下更多。

這筆感情帳，已難清償。

結婚就可以交代了吧？

以為是這樣，但蘭婷的話，像一根針刺心上。

我卑鄙嗎？我在葬送她幸福嗎？

我愛她嗎？但為什麼連她對酒精過敏都忘了？這還是我要娶的女人。擁抱再緊，心就是熱不起來，反而更冷。

愛是本能，他並非故意忽視玄英。

自己也清楚，在愛裡，他是什麼德性。

當他愛蘭婷，任何一點關於她的蛛絲馬跡，他都謹慎對待，牢記在心。換成玄英，他卻散漫粗心。

得知玄英瞞著他吃抗過敏藥，愛他入骨，他竟毛骨悚然。她愛成這樣，他卻不愛成這樣。

此刻，深山木屋，夜深無人，周樂明捫心自問，我愛玄英嗎？

我不愛。

他感謝玄英，但她靠越近，他越煩躁。他不是卑鄙，也不願利用她，更不願虛耗她。可是，他已不知，該如何不傷感情地推開她。

窗外，夜色如墨，遠處溪水潺潺，他沮喪不已。

要親身努力並試過，牽手又擁抱又求婚，才明白愛真的是本能，努力無法，所以殘酷。那不是誰對你好，你就歡喜。哪怕那個人對你再好，當你還不起她深情，你甚至會討厭起她。

周樂明忽然覺得，未來好漫長，而他提不起勁。

牽玄英的手，朝夕相處，同床共枕一輩子？他被深深的疲倦感攻擊。

—♡—

「這就是爛桃花。不只爛桃花，還是爛差事。」

小柴撇下姻緣鏡，抱頭哀嚎。

就在剛剛，他跟九爺為了善後，一起追完吳玄英前世，得知她和周樂明及馮蘭婷、陸言川，四人前世就互有牽扯。這一條難解的感情線，遠在清朝已埋下伏筆。

「原來他們以前都認識。」九爺沉吟道。

彼時，玄英和蘭婷是鄰居，自小情同姐妹，各自嫁娶後竟發生難堪悲劇。

「小柴，喝酒不能解決問題。而且酒是拿來品的，不是用來灌的。」

是是是，說風涼話你最會。抱著九爺珍藏的蟠桃仙酒，小柴報復性猛灌。

九爺心疼啊，那可是太白星君用瑤池聖水親釀的靈酒。為了安撫小柴，慷慨賜兩口給他，哪知孽徒一嚐就抱著酒罈不放。

小柴哀哀叫：「我們錯了，不該牽這條線，照這樣發展，他們兩個結婚才是悲劇。」

「不要緊，這次算為師失誤，不列入考核。」九爺明理道：「這樣吧，誰愛結誰去結，放棄這對，師父再幫你挑個簡單的任務。」

「靠！這麼不負責，你好意思說？」

「我很負責啊。吳玄英求我們幫她跟周樂明牽線，我們牽成了，圓滿她的心願，美夢成真，感激我們都來不及。」

「感激屁！看不出來嗎？周樂明不愛她還嫌煩，他就是不敢當壞人。他這是糟蹋吳玄英的人生。結婚應該跟真正愛她的結，這種婚姻怎麼會幸福？」

「個案喜歡有什麼辦法？」

小柴跳腳。「神明助人，不是害人！明知在跳火坑，還間接推一把。現在收手不管，你倒說得輕鬆，為什麼看姻緣鏡時不看仔細，我就說這鏡子裂得亂七八糟，早該扔了！」

「是是是，就像當初那些月老扔掉你那樣地扔掉不良品。」

小柴閉嘴。好，怎樣都說不過九爺。

「好啦，為師知道你最有情有義。不放棄也行，咱們換個角度想，遇到這麼棘手的，也是你福氣，考驗你的應變能力。神明哪有那麼好當？遇到困難沒關係，冷靜應對然後保持彈性。」

彈到哪？「好，那請問師父有何高見？他婚都求了。」

「不如……來斬爛桃花！」

「拆散她跟周樂明？月老是幫人牽線的。」

「彈性，我剛說了。」九爺按著小柴肩膀，曉以大義。「聽著，月老可以幫牽線，但有一種情況例外。我們就是再有超能力，也無法左右人的意志，『人力』有時大到超越『神力』。你也看見了，我們湊合他們，讓他們靠近，結果呢？周樂明反而更明白自己對吳玄英沒感覺，越靠近她，就越想馮蘭婷。沒比較沒傷害，越比較越清晰。現在的周樂明就是個病人，身心分裂。」

「什麼意思？」

「以前雙腳癱瘓，現在癱瘓的是心。」

「怎說？」

「他心裡不喜歡，是為了滿足別人期待，逼自己愛；假意配合，身心相悖，這是身心分裂。長久下來，不只精神內耗，還可能生癌症。他想娶玄英以示負責，然而，感謝不能變愛情。為了阻止悲劇，成就真正良緣，這樁爛桃花，該斬。」

有道理，但是……「你只教我撮合人們，又沒教我怎麼斬斷爛桃花，我不會啊？」

「好新奇對吧？是不是覺得很有挑戰性？你不是喜歡創新？這麼創新的挑戰，為師相信你一定有辦法。」

為什麼感覺又跳進他的坑？這感覺多熟悉，這就是輪迴啊！跟在九爺身邊體驗到的教學模式啊！

小柴瞇起眼問：「這一切，該不會都是你故意安排的？」

「絕不是，但為師可以肯定告訴你，所有意料外的狀況，只要秉持『四不』策略，就能度過。不氣餒、不緊張、不害怕、不怨天，一旦突破困境，你會發現，尬的！這一切考驗，原來都是在養肥你的心臟跟膽識，都是對你最好的安排——」

小柴手一滑，哐啷，酒罈墜地破碎，靈酒灑光光。

九爺暴怒，小柴打個酒嗝。「師父莫惱，所有意料之外的狀況，都是對你最好的安排。」

「我知道，但這酒是偷關爺的。」想到關關那把大刀，九爺心驚膽戰。孽徒還安慰他。「怕啥，師父有『四不』策略，定能度難關。」

—♡—

彷彿全宇宙都在和我作對！

吳玄英搞不懂到底怎回事，當她興致高昂地跟周樂明開始籌備婚禮，互相拜訪家人、安排飯店、婚紗攝影，走起繁瑣的婚禮程序，商量著一件件排進自己的日程裡。

可是，不可思議的災難一一發生。

剛訂好婚宴飯店，忽被告知行政人員登記失誤，撞期了，只好重新找飯店。要去攝影公司談拍照，當日暴雨，攝影公司店前淹水，暫停營業時間重排。等到要約時，玄英中意的攝影師竟抽獎中機票，放年假爽玩去了。好吧，如果這還不夠扯，昨天去看喜帖設計，半路車子拋錨。對方電話又故障，搞到雙方白忙。

莫名其妙，像有隻無形的手處處阻礙她婚事。

這無形的手就來自他們看不見的月小柴。他忙得七暈八素搞破壞，但願月老暗示有收到，但願吳玄英知難而退，莫強求。衰成這樣，就是凶兆啊！有，周樂明有 Get 到。「最近這麼不順，不如婚禮延後，不必急著今年就搞定。」

而玄英沒 Get 到。「可是我都已經跟爸媽說了，可能最近水逆，下個月應該就好了。放心，我工作時間彈性，我來搞定。」

有毅力很好，但神明最怕偏執狂。

玄英怕拖下去有變數，好不容易美夢成真，這點阻礙沒什麼。她甚至提出合理解釋，安慰周樂明。「這是好兆頭啊，我們這就叫『好事多磨』。一般人想遇還遇不到。」

是嗎？有人好事多磨會磨成像他們這樣嗎？

為了轉換心情，他們出來約會。海邊散步愜意，但突然狂風大作打雷閃電暴雨擊，他們全身濕透無處躲，走到停車處，發現車被拖走，原來該空地是私人用地。

渾身濕透，鞋也泡水，周樂明一肚子火。都怪她要看海，他情願找浪漫咖啡館休息，但他只敢生悶氣，也不好罵她，畢竟是他恩人。

玄英忙著攔計程車，心裡也惶恐，內疚著不該建議到海邊。怕被他討厭，她急著攔車，可每輛都載人，手機又叫不到車，超慘的約會日。

雖然如此，她還是會堅定愛下去。哪怕全宇宙都不支持，只要她喜歡，絕不棄。她固執得像牛，堅毅是她優點，用錯地方就變缺點。

小柴也固執，固執對固執會互相氣死。

都給那麼多暗示，事主不開竅，偏向歧路行。

「所以我說什麼？人們以為神明厲害，無所不能，非也非也。」九爺一旁涼涼道：「人類意志不能小覷，『強』起來時，神也無法度。」

小柴想哭。到底這個爛桃花要怎麼斬啦？龍頭杖換成青龍偃月刀可否？

月老箴言

022

下

愛是本能，無法努力，所以殘酷。
不是誰對你好，你就歡喜。
哪怕那個人再好，
當你還不起深情，甚至會討厭。

04

當馮蘭婷的姑姑找來時，周樂明剛從酒吧收工離開。
她說：「我有東西給你，順便跟你談點事。」
凌晨兩點？也不知她在店外等多久了。
周樂明忐忑，感覺似乎是很嚴重的事。
「蘭婷怎麼了？她沒事吧？」
「她有事。」
他們到一旁的超商用餐區談話。
姑姑將牛皮紙袋的東西倒在桌上，全是照片。
周樂明駭住，那些照片很恐怖，都是在國外醫院拍的，是就醫紀錄。
馮蘭婷穿泳裝拍照，比現在更瘦，瘦到脫相，皮膚彷彿黏骨頭。她目光空洞，臉頰凹陷，青筋暴露，是病入膏肓的慘白樣。

還有一疊影印資料，是大量精神科就診紀錄。她有嚴重憂鬱併發厭食症，還強制就醫過，醫生備註有性命危險。

「怎麼會這樣？」周樂明心臟緊縮，眼眶紅了。

「她在德國唸書時，有一天忽然無法辨識樂譜，就醫才知道是憂鬱引起的認知障礙。為了不中斷課業，我跟她媽積極陪她治療，但狀況一直沒好轉，甚至併發厭食症。後來放棄學業回台治療，遇到很好的醫生，才漸漸穩住。這兩年她狀況好多了，才又開始在教堂彈琴當義工，平日跟著我在花店幫忙。」

周樂明太震驚，怔怔看著照片。

「我知道你恨她，但我拜託你不要再刺激蘭婷了。她心裡一直糾結當年的事，你現在好了，我們很為你高興，只求你別刺激她就行。」

「我不知道她變這樣，我以為她在德國很好……。」

「她媽苦心栽培她，就因為跟你談戀愛，後來都毀了。當年你的事，我跟她媽都勸她離開，逼她出國。我們的做法讓你傷心，但我們也是為她好，畢竟她年輕，有大好前程。我們都沒想到她看來沒事，精神卻出了狀況。現在，我跟她媽只盼她平安，其他都不敢奢望了。可是，那天給你這麼一刺激，她又不好了。」

她哽咽，啞著嗓子說：「你找過她後，她上網看了你的採訪影片，又開始恍惚失神，不是哭泣就是失眠。你不原諒她沒關係，但是拜託不要打擊她……你採訪時，那樣說幹嘛呢？她看了多傷心。拋棄你，她已付出代價……不，不只她，我們全都跟著賠進去。

「你要報復？報復什麼？我們馮家欠你什麼？是你自己要愛她，是你自己要接她回家，是你運氣不好出車禍，為什麼怪我們蘭婷？你要恨的是當初撞你的人吧？聽說你還得意地跟她炫耀你要結婚，你拿冠軍，你真的很了不起……但我們蘭婷這麼漂亮的孩子已經夠失敗，還要讓你這麼羞辱嗎？因為內疚自責，她都斷送夢想跟前程，還不夠讓你高興？年輕人談個戀愛而已，幹嘛搞到後半輩子都賠進去？」

周樂明呼吸困難。照片怵目驚心，他心臟緊，心疼她，眼淚不停掉下。

「我希望你以後恨她、想找她麻煩前，先看看這些照片，希望這會讓你有惻隱之心，放過她。」姑姑說完也掩面哭了。

周樂明道歉。「對不起，我不知道她會這樣。請讓我補救，我會開導她，我保證絕不會再刺激她，我會讓她放下，不再糾結……。」

這晚，回家後，周爸還沒睡，興奮地等著跟兒子討論婚禮。

「明天吧，我累了。」周樂明說完，關進房裡，對慘不忍睹的照片喝酒，淚流不止。

曾經抱在懷裡，他最甜美的女孩，有陽光燦爛笑顏，像天使聰慧的可人兒，怎麼變成這樣？

他遭禍重傷，以為她置之不理，其實她也重傷。而他，不知她這些年心中煎熬，還朝她遞刀子。

他無心搞婚禮，感覺心中有喪禮，在弔唁已逝的戀情。它的後味很久，還很差，事主至今仍走不出來。

—♡—

「我遇到蘭婷了……。」周樂明說。

正午陽光普照露天咖啡館，驅散晚冬寒意。鬆餅上的冰淇淋，正在快速融化，吳玄英一聽到馮蘭婷三字，瞬間沒了食慾。

「她在花店工作……。」周樂明娓娓道來那日的偶遇，包括姑姑找來，以及蘭婷生病，甚至將照片給玄英看。

玄英心緊，身體僵硬。再說下去，他似乎將要說出，我們不要結婚，我還愛她。因為恐懼，她緊握叉子。

這感覺很熟悉，上次這麼惶恐，已經是十幾年前。

當時，在常去的星巴克咖啡館，他牽著馮蘭婷的手，興奮地跟她宣布：

「我們決定交往了。」

當下，星巴克不是咖啡館，是十八層地獄。

她覺得自己破碎了，不停失血，還要逞強笑著說「恭喜」。

拜託，別再來一次，別讓我又再墮入地獄，別在美夢剛成真時打擊我。

但人生，彷彿越怕越會中。

他嚴肅地道：「接下來說的話，我求妳聽完，先別急著生氣。」

她心悸，像遭冰封凍住。

他都還沒說呢，她眼眶先紅了，低頭不看他，心臟悶堵，像塞了大石頭。

周樂明說：「我們已經要結婚了，我希望過去也能圓滿。妳能陪我見她嗎？像以前大家感情好的時候。我希望她釋懷，放下自責跟內疚，大家和好，以後還是當好朋友。」

不是毀婚？玄英鬆了口氣，但隱隱火大起來。

內疚自責？馮蘭婷會嗎？他才遇到她幾天，他就忘了恨，心疼起她？嫉妒令玄英煎熬，啜口熱茶，試著平靜勸他。

「就算沒你原諒，時間一久，她也會釋懷。」

他被撞殘都能站起來，她四肢健全地逃跑，還有什麼走不出來？她跑時快得跟飛的一樣。

「她沒辦法釋懷，因為我的事，她病到連鋼琴都放棄了。」指著照片，他心痛。「解鈴還須繫鈴人，我們一起勸她放下，好好生活。」

「她就瘦了點，有什麼關係，現在都能在花店工作了。」

「這叫瘦了點？肋骨都突出來，根本只剩骨架，這是嚴重厭食症啊！會死人的！」

你大聲什麼？激動個屁？玄英想罵，但忍住。

周樂明又說：「記得嗎？有次妳發燒，病得很厲害，我們一起陪妳住院，蘭婷還特地熬魚湯給妳，現在看她這樣，妳不會心痛？」

「我不會痛，因為你受傷時，她也不痛。」

他難堪了，想了想，又說：「我知道妳替我不平，但我不像她，我現在有妳，事業正好，我們比她幸福多了，我們別跟她計較了。」

看他這麼心疼另一個女人，玄英想到那些不眠不休在醫院照顧他的自己。那時可曾心疼我？你採訪時說你慶幸被拋棄，現在怎麼又想跟她牽扯上？

照片裡的馮蘭婷，那張娃娃臉已失去甜美，她頭髮枯燥凌亂，眼色空洞，瘦到肚子凹陷，慘不忍睹。然而即使是這樣狼狽，那雙無辜大眼，楚楚可憐柔弱樣，好容易就招人心疼。

但是，吳玄英才不心疼她。這女人是她的惡夢。像亙古的詛咒，她都快懷疑自己是否前世造孽，情路老被這女人攔胡。她付出那麼多，準備結婚正快樂著，她又來鬧。

為什麼偏在結婚前讓他們相遇？

玄英又急又慌又生氣，想立刻拉周樂明去戶政事務所登記結婚。她好怕婚事成泡影，她不能讓舊事重演，當初她跟周樂明正好時，也是因為她出現，一切就改變。

玄英思緒混亂，沉默地以叉子玩弄著融化的冰淇淋。鬆餅面目全非，她的心也亂得一塌糊塗。

見她不吭聲，她生氣了？意識到自己過分關心蘭婷，周樂明斂容，低聲下氣拜託起來。

「都怪我，我不知道她生病，上次罵她一頓害她更難受，這才急著想勸她。這也是為了讓我自己安心，不留下遺憾。妳想，萬一她想不開，鬧出來什麼事，我怎麼辦？現在也只有我們能幫她走出來。我們幫幫她吧，我不想瞞著妳私下見她，所以求妳答應，拜託了。」

所以我還要感謝你體貼我？玄英聽著難受。

他想幫她走出來？

當初你落難，誰幫你走出來？是我。馮蘭婷當時在哪？溜之大吉。你忘了當初她多狠？

玄英很氣，但他這樣拜託教她心軟，遂又安慰自己。至少，他沒瞞著她行動。至少，他是光明正大邀她一起關心。這代表他在乎她，他不是不愛她。

如果能讓馮蘭婷釋懷，重新振作，他也能更放心地結婚，總比讓他一直牽掛她好吧？

再說，對拋棄他的前任這樣關懷，代表他有情有義，是不是？

玄英自動補足大量理由，合理化他的行為，也勸服自己。

「好，你考慮的也不是沒道理，就大家一起見個面，勸她放下過去，讓一切圓滿吧。」

得到玄英諒解，回頭周樂明立刻打電話到花店，跟蘭婷約見面。

玄英以為，這就能讓周樂明高興了。沒想到見面當天，開車時，他又一次掐痛她的心。

「妳可以先別戴婚戒嗎？我怕刺激她。」

玄英拔下戒指，凜著臉，操控方向盤。

看她臉色不好，他又道歉。「對不起，我知道我的要求不合理。」唉，他覺得自己都快道歉成癮了，好累。

你也知道你過分嗎？

玄英再次按捺怒火。沒事，就忍過這天，以後就都好了。

「沒關係，還是你想得周到。」

她甚至口氣溫和，勸他放心，怕給他壓力。

是不是因為太愛了，還是因為太執著了，她變得這樣扭曲？

一味討好遷就，明明難受還裝沒事，以為抱著愛情很幸福，卻看不見，自己其實在受苦。

—♡—

故人久別重聚，因為懷念過往情誼。

也有的是為做個了斷，曾經有遺憾，重聚是為了畫下完美句點。

於是他們相約在過去常聚的老地方。

大學旁的星巴克門市，菩提樹簇擁，樓高三層，原木裝潢，黃燈下，見證過多少相聚離別？人會變，咖啡館也會。

據說在很久以前，星巴克的肉桂捲覆一層雪白糖霜，甜蜜濃稠，是整塊甜點的亮點。

現代人追求健康，流行減糖，肉桂捲被時代強改。失去白糖霜的肉桂捲，令嗜甜的顧客惋惜；失去周樂明的馮蘭婷，亦不再憨甜美麗。

當玄英跟周樂明抵達時，馮蘭婷已先在二樓角落的四人沙發區等候。那裡，曾是他們最愛的小天地。

再見情敵，玄英盛裝出席。她難得化妝，還穿上女性化的貼身米色長版針織洋裝，搭配尖頭皮靴。

然而她視為強大情敵的馮蘭婷，卻一改過去精緻打扮，散著長髮，隨便的寬鬆白帽T、黑寬褲，搭平底鞋。

她不像照片中的狀態，瘦到恐怖的地步，但目測大概也只有四十公斤。

「妳們先聊，我去幫大家點飲料。」周樂明下樓。

她們對坐著，誰也沒開口。

早在蘭婷拋棄樂明那刻起，玄英就跟著一起恨她。勢不兩立，玄英也懶得客套。

音響播放慵懶爵士樂，人聲交談話日常，窗外樹影落在木頭桌面。玄英打量馮蘭婷，她變醜了，她醜八怪，她討厭鬼。

玄英敵視地瞪著她，而她空洞的目光，關注的是窗外婆娑的菩提樹葉。

玄英已做好應戰的準備，但對手明顯根本不把她放眼裡。

周樂明回來了。

「妳的。」他遞熱茶給玄英，又將蘭婷的給她。「冰拿鐵，全糖去冰。」

她的喜好他還記得？玄英心裡不是滋味。

周樂明在玄英身旁坐下。不愧專業酒保，他熱絡地聊起往昔，那熱情又帶點緊張的口吻，是玄英跟他獨處時從沒有過的口吻。

像是刻意要拉近十多年的空白，周樂明提到自己的糗事。

有一回，他端飲料上樓時摔倒。

「記得吧？那次三杯飲料全倒，在我後面的婆婆嚇到摔倒。婷，妳想起來了嗎？妳跑來看到，一直很慌地喊怎麼會這樣，怎麼辦？整座樓梯暫停開放，玄英一直幫店員清理，還跟阿婆道歉，我也一直忙著安撫妳，妳嚇到了說妳心跳好快，我們糗爆了，過一個禮拜才敢再上門。」

他笑呵呵說著，硬要炒熱氣氛，可惜只有他笑，玄英無語，蘭婷木然。

「婷，妳看，」周樂明又拍拍胸口。「我全好了，上次跟妳說的那些都情緒話，我正式道歉，妳不要放心上。我跟玄英要結婚了，我們希望妳未來也要幸福。所以……車禍的事別再苛責自己，更不要內疚。都過去了，說不定這是最好的安排，畢竟我喜歡挑戰，逆境讓我成長……。」

是是是，你阿彌陀佛很有大愛，我都不知你有心靈導師的潛力。玄英忍住想噴他的衝動。

明明吃足苦頭還痛嚎，明明在我面前怨恨又咒罵，現在為了哄她，說得輕鬆又簡單。

那時他可是裝尿袋坐輪椅，洗澡要人幫，如廁要人助，自卑生氣困窘大哭，脆弱倒在我懷裡崩潰，在馮蘭婷面前是在裝什麼勇？

玄英聽著，很不爽。

馮蘭婷呢？

她安靜聽完，有些搞不清楚狀況。

曾經，初戀於她，甜如雪白糖霜，直到現實鞭打，歷經滄桑，落魄到神志都渙散，後遺症太大。現在他們成雙結隊，獨留她落寞失意。

樂明哥約見時，還以為上次罵得不夠爽，今天要追加，沒想到竟聊起這些五四三。馮蘭婷揣摩他動機，又觀察玄英表情，不確定這局的目的是什麼？

周樂明釋出善意，微笑寬恕道：「婷，都過去了，我跟玄英希望妳以後也過得很好，再也不要因為我的事怪自己。」

她忽然微笑。「我幹嘛怪自己？開車撞你的又不是我。」

氣氛一秒凍結。

玄英震驚，樂明怔愣。

蘭婷說罷，托著左臉，右手食指指尖刮著濕漉漉的杯緣。她盯著飲料，彷彿剛扔出的那枚炸彈跟自己無關。

她反正已經一無所有，所以能夠超級灑脫，灑脫到胡說八道也無所謂，不在乎他們怎麼看她。

「妳講什麼屁話？」玄英揮開樂明過來攔的手。「他當時是為了接誰才出車禍？」

「他不接我，一堆人搶著接，多的是順路要載我的同學，是他不讓我坐別人的車。對吧？樂明哥。」她問他，他怔怔地低聲回：「是……是這樣。」

他唯唯諾諾，玄英更火了。「就算車禍不是妳的錯，身為女友，男友一出事就失蹤；他爸都通知妳他病危，妳沒關心，什麼都沒交代，直接斷崖式分手，跑去國外唸書。落井下石？這就是妳的愛？他體貼妳才講得這麼輕鬆，妳還厚顏無恥真的撇清關係？」

「好了，別氣。」周樂明試著環住玄英安撫，但被推開。

玄英氣炸，就這態度還要安慰什麼？管妳是瘦巴巴還是胖嘟嘟，管妳是病入膏肓還是強壯如山，欺負周樂明就不行，老娘跟妳槓上了。

「奇怪了，」蘭婷淡定，迎視她。「剛剛樂明哥都說了，他喜歡挑戰，妳這麼氣幹嘛？妳也不用急著幫他討公道。不管過程，就以結果來論，我還是他的貴人。若不是我，樂明哥可能還是當年那個頭腦簡單四肢發達的系草，而不是為台灣爭光的世界調酒冠軍，是我激發他的無限潛能，是我讓他走出舒適圈。妳的陪伴是幫忙，我的刺激也是幫助，我的精神科醫生跟我分享一句名言，『煩惱是別人的禮物』，這話我也送給妳。每個人都應該自作自受、自我負責，我不內疚。」

玄英震驚，哪個精神科醫生這樣厲害？輕易顛覆常理。

她氣結。「妳好意思說自己是貴人？妳知道這些年他怎麼熬過來？妳知道復健時他痛到哭？妳知道他曾躲到廁所企圖上吊嗎？」

「玄英！」周樂明吼。

玄英罵他：「幹嘛怕她知道？我說的都是事實！你差點就死了，在她面前逞強幹嘛？明明害得你那麼慘。」

「不然都怪我好了。」蘭婷不說了，站起來，玄英跟周樂明愣住。

怎麼，她要走了？

她跟周樂明說：「要不我現在跪下道歉？好，全當是我害的，你喜歡我真是太倒楣。」說著跪下，周樂明趕緊抓住她，將她按回座位。

「婷……」他哽咽。「妳坐好，我不是來怪妳的。」

她消瘦的肩頭刺著他掌心，他好心疼。

玄英呆怔。過去的馮蘭婷高雅浪漫，現在怎麼膝蓋這樣軟？說跪就跪？跪懵她了。

蘭婷又說：「不管妳信不信，妳罵的那些我罵過自己上千萬次，我罵自己都罵到膩了。妳氣我，我理解，但不是每個人面對意外，都能像妳冷靜。」

玄英沉默了。這樣的馮蘭婷好陌生。

蘭婷又問她：「妳聽過緊迫反應嗎？」

「什麼？」

「緊迫反應，動物遇到危險會假死，會當機。我後來才知道，我根本沒錯。我的精神科醫生告訴我，我那時逃避現實是動物本能。」看向樂明，她鄭重道：「我的醫生曾勸我對你坦白真正的感受。樂明哥，其實我從、來、都、沒、有拋下你。」

那妳是宋七力有分身嗎？

胡扯也要有限度！玄英簡直白眼翻到腦後。

抓狂的是周樂明竟一副深受感動的死樣子，直直望著蘭婷，表情恍惚，像被魔術師唸咒定住的青蛙。

為什麼這個聰明男人遇到她就變弱智？

Shit、Shit，這裡難道只有我吳玄英神志正常，聽得出馮蘭婷在唬爛嗎？

可恨這裡沒人跟她站同一陣線。

局勢詭譎多變，變成他倆深情款款對談。

「樂明哥，那天你沒來，手機又不通，我就覺得很不安。回家後，你爸打給我，他在電話那邊又罵又哭，我嚇壞了，腦子空白，心跳很快，呼吸困難一直發抖……我媽怕我出事，還逼我吃安眠藥先躺著，她幫我打聽狀況。我真的好怕你死掉，我好怕接到醫院電話……我那時崩潰了，整個人不知在幹嘛，覺得都我害的。我假裝什麼都沒發生，不吃不喝一直躺著，想像一直躺下去就會發現全是夢，這樣你就沒事，就不會死掉……我不能看見你受傷，我不敢去醫院，我沒辦法看到你身上有傷口……我會覺得很痛……。」

原來她這麼煎熬。周樂明視線模糊，喉嚨緊縮，胸口一陣酸澀，看著蘭婷落淚泣訴。

「我沒臉去醫院，我不敢面對你爸，我太軟弱了。我聽我媽的建議提早出國，想忘掉這些。可是逃避沒用，我一直想你，腦子停不了，想著你有沒有活下來，你怎樣了……我沒有丟下你不管，我在德國待三個月，就回台灣去醫院看你。」她跟玄英說：「我看到妳在照顧他。」

她說起當時的狀況。「我跟護士打聽，知道你脫離危險，但是神經受損，可能殘廢。」她又崩潰哭起來。「樂明哥，我雖然很愛你，但我想我沒愛到願意跟殘廢的人過一輩子，所以我回德國唸書……我自私，我知道。我沒用，我也討厭這麼懦弱的自己，我做了狠心的選擇，但又因為這個選擇恨自己……到最後，我什麼都幹不好，成了廢人，讓所有人都失望了。」她泣不成聲。

「好了，沒事，都過去了。」周樂明遞面紙給她擦淚。

她又抽抽噎噎地說：「你都振作起來了，但我沒有……我不知道逃避現實，會被現實糾纏更久。我一場糊塗，學業感情夢想都搞砸。我已經付出夠多代價，我已經受到懲罰，還不夠嗎？現在，還要聽你們來教訓我？我受的苦還不夠嗎？」

「沒事，沒人要教訓妳，妳乖，妳別哭，妳別這麼想。妳這樣我看著，我……我難過……。」他溫柔地哄她。

我要吐了。

看他這麼心疼，玄英心痛。

周樂明你心疼個屁，該哭的是我跟你爸！是我們這些留下來陪你跟命運奮戰的人！

馮蘭婷妳哭屁？周樂明是白痴嗎？

他們一個忙安撫，一個傲嬌訴苦，畫面多感人，但有人默默補刀。

「真敢講。」玄英冷哼。

「好了！」周樂明罵。「又不是來跟她吵架。」

玄英挨罵了，更氣她。「當初妳不來醫院哭，現在他都好了才哭哭啼啼，假惺惺。」

「我假惺惺？」

「對，講得好像多心疼他，事實怎樣，妳心裡有數。」

「玄英姐，妳可以罵我懦弱，但妳不能罵我假惺惺。拋下一切的人或許更痛苦，辜負別人也需要勇氣。我當時也真的擔心他，否則我不會生病，病到必須放棄最愛的鋼琴，連學業都沒完成。」

「妳這是報應。」玄英口出惡言。她忍不住，明知惡毒話會激怒樂明，但她難受。

蘭婷一哭，就贏得他全部關注，但在她心裡，也有一個受傷的自己在尖叫，叫喊著：那我呢？那我呢？為你不顧一切犧牲到底的我呢？你安慰她，那我算什麼呢？

嫉妒是爆發的火山，努力克制還是滾燙燙地氾濫。

久別重逢，卻沒人跟玄英一國。

他倆自成一世界，一個說，一個聽；一個哽咽，一個安慰，眼對眼，像中間牽著絲。

玄英討厭的感覺一一重現，那是被他們排除在外的孤立感，一種「我在這裡打擾到你們了」的累贅感。

馮蘭婷一登場，吳玄英就被登出。

十年前如此，十年後亦然。

局勢如此，但她不認。

周樂明善良卻糊塗，她不一樣。她不會被唬弄，她不認馮蘭婷的解釋，也不管周樂明氣惱，她堅持把傷害追究到底。

「軟弱不能當成逃避的藉口。妳要是真愛他，一定會為他勇敢，在他最需要時，妳會堅強，陪他度過難關，而不是遠走高飛。什麼緊迫反應？這些我不懂，我只知道妳就是只為自己。沒臉面對伯父就逃，遇到困難只想保護自己，完全沒想過妳的做法，會讓已經重傷的他受不了做傻事。馮蘭婷，妳留學失敗，跟樂明無關，妳就是意志薄弱還自私自利，妳不懂愛，也不配愛人。」

「對。」蘭婷點頭。「妳教訓得對，所以他當全世界的人說了啊，他慶幸被我拋棄啊，妳呢？妳就最好，妳就最懂愛，要做到像妳這樣才配愛人？」

「至少我留下來，我陪他挺過去。」

「是，所以妳偉大，但妳就不自私自利？妳才有資格愛，我就不配？」蘭婷冷笑。「那好，既然妳愛得這麼無私，那就請妳成全我們。」

什麼？玄英沒聽懂。周樂明也震住。

蘭婷伸手，覆住周樂明桌面上的左手，看著他眼睛，對玄英說：「請妳成全我跟樂明哥，畢竟我回來，他也康復了，破鏡可以重圓了。」

說完，她看向玄英駭住的表情說：「謝謝妳這些年的照顧，讓他恢復得這麼好。既然我們還相愛，妳又這麼偉大，就請妳無私地成全我們。」

玄英僵住，感覺心臟激烈地怦怦怦撞著胸口。

以為蘭婷只是敢講，沒想到還不要臉，這些年吃藥吃到頭殼壞掉嗎？

她聽著自己氣到聲音顫抖。「妳以為他還會像當初那樣，隨便妳拿捏？」

但是連她自己都聽得出話音弱，是有多虛？玄英恐懼，她其實沒自信。

蘭婷問他：「樂明哥，你怎麼說？」她溫柔且充滿感情地看著他。「我愛你，我從沒變過，我一直單身，我希望我們在一起，像以前那樣。這就是我一直想跟你說的真心話，這樣，你還要跟她結婚嗎？」

拒絕她！

玄英盼望他立刻打臉她，但他沉默。

沉默，代表他真的在考慮。

對一個背叛過自己的女人，和一個為他付出一切的她，他竟然還要考慮？

玄英瞪他。他低頭，支支吾吾。「別開玩笑了，我都求婚了。」

「沒開玩笑，這次我很認真。你拿下調酒冠軍的影片我看上百次，太帥了，果然是我愛的樂明哥，我以你為榮。你一直是我的偶像，就算發生那樣悲慘的事也打不倒你，你不像我沒用。我愛你，就像當初那樣迷戀你。我們不要再分開了，好不好？」

好想揍人！

玄英腦子一團亂。她太緊張，偏偏，該死的，她想尿尿。身體偏在這時渴望排泄。她努力憋、死憋住，絕不能讓他們有獨處的機會，太危險。

混帳馮蘭婷，妳不是愛他，妳是故意搗蛋！

周樂明，你別上當。

玄英心中吶喊，忍耐身體不適，死守戰場。

然而，周樂明被蘭婷一聲聲愛你迷戀你，哄得漲紅面孔，惴惴不安，不表態也不敢接話。

馮蘭婷了解他，這沉默已足夠。

這次，她不再逃避。這次，勇敢迎戰的人換她。她將自尊丟地上，把良心送狗啃，她自私自利過一次，第二次做起來更順手。

她直接槓上吳玄英。「妳對樂明哥有恩，他不敢辜負妳的，壞人由我來做，由我替他問，假如他還愛我，妳是不是願意退出成全我們？妳能辦到吧？妳也希望妳愛的人快樂吧？妳不會因為對他有恩就情勒他吧？」

「是她說的那樣嗎？樂明。」玄英問他：「我讓你為難？你不愛我？你是勉強要娶我？」

「不是的。」他說。這些年玄英是怎麼對他，他不能背叛她。

玄英瞪住蘭婷。「聽見了？滿意了？」

「樂明哥，你愛她？你敢發誓？」

周樂明忐忑。他想，蘭婷曾重度憂鬱，根本不知自己在幹嘛，才會口無遮攔。他不能隨她起舞，他必須保持理智。

「妳冷靜，不要鬧了。」但他沒有正面回答問題，且語氣軟弱無力。

蘭婷一聽就知道他在勉強自己。他終究還是不夠勇敢。

「鬧的是你們，不相愛還結婚。」

玄英反擊道：「我們深愛彼此，遠超過妳跟他當初膚淺的愛。」她拍開蘭婷覆在周樂明手上的手。「他不是物品，壞掉就丟，也不是玩具，不好玩就撇開。他是我珍惜的人，而妳，不能共患難的妳，不配評論我們的愛情。」

此刻愛情已不僅是愛情，還上綱到她們的自尊，更是信仰。

夾在她們間的周樂明，看著對他來說都很重要的女人，心裡亂糟糟。她們對峙，像兩頭護食的母獅。他頭昏腦脹，被蘭婷的話一再衝擊。

場面太失控，周遭已有人對他們竊竊私語。

蘭婷雙手抱胸，揶揄他們。「既然深愛，那快結婚啊，還等什麼，馬上去公證啊？」

玄英微笑。「婚禮已經在籌備，我們也希望越快越好。」

「啊，我想到了，我服務的教堂下週六本來有場婚禮，臨時取消了。不如換你們舉辦，讓上帝見證你們的愛，我還能親自伴奏，祝福你們共患難的偉大愛情。」

「好啊。」以為我怕嗎？「剛好飯店訂好的日期被取消，真是及時雨，有上帝作證，相信我跟樂明會很幸福，謝謝妳。」

「我們再考慮考慮，太快了。」周樂明制止。

但蘭婷酸溜溜地說：「快才好，反正你們很相愛啊？」又調侃他：「拖什麼？愛要及時啊！你想想，在教堂跟上帝發誓你愛她，多神聖，你一定恨不得趕快把玄英姐娶回家，對吧？」

對！太好了，就該這樣閃電完婚讓馮蘭婷死心。玄英再也忍不住尿意，猛一起身，拉著周樂明走。「細節之後討論，我們還有事先走了。」

「什麼事？」他白目地問，被玄英用眼神殺，才乖乖陪離。

一出星巴克，玄英將他拖入一旁的圖書館。

「你等我。」她往廁所狂奔。談個戀愛，簡直像戰場。敵軍在前，一刻不能鬆懈，她拚死守護她的人，絕不讓他靠近敵方。

但玄英一跑，下一秒，蘭婷走出星巴克。周樂明看見了，追出去。

「婷！」

蘭婷怔住，轉過身。

他們望著彼此，破碎的光影落在他們之間，破碎過的心都在顫慄。直到這時，沒有外人在，他才敞開心跟她說體己話。

「婷，妳剛說的那些……？」

「都是認真的。」她苦澀地笑了。「但有什麼用，你已經做出選擇。放心，我會在你的婚禮好好彈奏〈結婚進行曲〉，當作我送你的最後禮物，也算有始有終。」

「我……我虧欠玄英很多。」

「嗯。」

「我不能對不起她。」

「嗯。」

「可以給我妳的 Line 嗎？之後方便聯繫？」

她拿出口袋裡的手機，掉出一副鑰匙。

周樂明驚愕，心臟挨一記重拳。鑰匙吊飾是桃紅色的「月老御守」。曾經他去大稻埕玩，求了一對，他們一人一個。因為氣她，他的早不知扔哪了。她，卻留到現在。

蘭婷也曾經拋棄御守，又因為戀戀不捨，重新繫起來。

時間過去，馮蘭婷才明白——

有一天，我們會後悔，後悔當時捨下的人。

念念不忘，抱歉內疚，都不是在離開當下。而是倉促離開後的好些時日，才開始越來越沉重。

倉促離開的人，有可能只是因為，當時痛到無能面對。

看見御守，周樂明才懂，原來，她沒騙他。

剛剛那些話，也不是氣玄英的，都是她的真心。她珍藏他的一切，即使她曾軟弱逃跑，可心裡還是帶著他，天涯海角，厭食生病，像愚笨的蝸牛，明明逃走了還硬要背負跟他的回憶，折磨、壓垮自己。

到底誰更深情？周樂明淚湧。

馮蘭婷盯著他問：「那時，你真的企圖自殺嗎？」

他沒回話，只是哭得更厲害。她苦笑。

「你真的好狠，就這麼想讓我痛一輩子？你難受，所以就不讓我好過？這就是你給的愛？」

她轉身，孤伶伶走了。

看她走遠，他覺得自己被掏空了。

像晾在暴雨中的衣衫，失去穿它的主人。

—♡—

回去的路上，在車裡，周樂明跟玄英都沒說話。

周樂明心情慘淡，吳玄英邊開車邊忐忑地打量他。

他生氣了？

三人聚會後，她感覺有什麼改變了。像是有一堵牆，橫在他們之間。婚禮沒取消甚至提早，但她沒辦法高興，因為他憂鬱地望著車窗外，都不看她。他透著一股寒意，冷冷地滲過來，流向她。

受不了窒息的氣氛，玄英試著開導他。「你也看到了，她這麼能講話，精神好得很，根本不需要我們安慰。」他還是不吭聲，她擔心了。「你不要被動搖，她玩你的，你不會信她還愛著你吧？」

周樂明還是凜著臉，不吭聲。

看來真的生氣了。玄英小心地揣摩他心思，是氣我說他曾自殺的事？還是氣婚禮提前？玄英又道歉。

「對不起，我剛也真是被她氣到了，才衝動同意在教堂辦婚禮。要是讓她幫我們伴奏你會尷尬，沒關係，可以取消，我理解。你的感受最重要。」

我的感受，我能表達嗎？我能說妳這樣低聲下氣遷就退讓，我難堪嗎？

「沒事。」他疲憊道，忍耐不斷湧上的厭惡。

天色暗下，城市霓虹點點閃爍，他彷彿又看見那對清亮眸子，像又聽見她附在他耳邊小聲說一句，一句讓他全身熱燙血液沸騰的話。

她說完退開，燦笑如花。

青春真香，初戀真甜。

他彷彿又回到那個夏天的林間散步。蟬聲震耳，烈日凶猛，怕她曬傷，他脫下自己的棒球帽，彎身幫她戴上，她忽在他耳邊說：「我喜歡你。」

他身心地震。他狂喜，那麼多人追求她，他也暗戀她，但是太喜歡了，不敢表白，沒想到她也心悅他。

這是全世界最美的一句話，心心相印，是多大的好運。

歲月走了十年，卻沒把他的心走到強壯，於是她一出手又拿下他，他內心崩塌。

太安靜了，他的冷漠教玄英惶恐。她打開電台，想轉移氣氛。

「小心！」周樂明大叫。左側來車突然右轉，玄英急煞車，差點撞上。

「妳在幹嘛?!妳不會專心開車嗎？」他失控咆哮，一咆完就僵住。自己也被那厭惡的口氣嚇到。

玄英被吼得駭住了。

周樂明呼吸急促，慌亂道歉：「對不起，車禍後我、我嚇到了……」

「是我不好，我應該更注意。你深呼吸，先冷靜下來。」

車子靠路邊停，等他緩過來。

她不願承認，當他吼來，在他眼中她看到什麼，她情願那是看錯。她急煞車，沒造成事故。但現在，方向盤握得緊緊的，也沒能阻止漸失控的戀情。

就算月老頻頻暗示，盼她放下苦戀，但她不開竅，寧可眼瞎耳聾當沒發生。可是，她再頑固，也瞞不了自己。如果她靜心觀察，並且更關注自己，她其實都懂。

自從見到前任，周樂明看她的眼神就變了。疏離、冷淡，心不在焉，甚至厭惡。她已經從恩人，變成礙事的敵人——感情的敵人，自由的敵人。

恩多生害，是這樣嗎？

將周樂明平安送回家，等他下車，關上車門走進公寓，玄英趴向方向盤，忍不住痛哭。

—♡—

人生慢慢走下去，走得越遠，就有越多遺憾後悔。難怪成年人心事重，難怪老人駝背腳步沉。

至今，吳玄英仍常後悔。

後悔當初幹嘛帶周樂明加入「光影社」，若非如此，他也不會認識後來入社的學妹馮蘭婷。那麼，那時跟周樂明感情極好，最後和他在一起的，可能是自己。他也不會發生後來的悲劇，不會因為接馮蘭婷而出車禍，不會墜入絕望的深淵。

而她，也不會一直徘徊在愛的邊緣，總是進退失據。

三人糾葛，自馮蘭婷出現的那一日起，就團成難解的緣。

她永遠記得那天晚上，光影社放映《鋼琴師和她的情人》。

那時，周樂明跟馮蘭婷還沒在一起。

玄英坐在周樂明的左側，學妹蘭婷坐他右側。

黑暗裡，光影流動，社員們專注看片。

當劇情來到最衝擊，鋼琴師的老公發現她跟情夫的姦情，將她拖至屋外，憤而以斧斬斷她食指。血濺如瀑，她撫著斷指的手，搖搖晃晃走了幾步，呆呆怔怔，頹坐在地。

那絕望眼神，感染了同樣熱愛彈琴的蘭婷。

劇情太殘酷，她掩面啜泣。

玄英沒有轉頭看，但從微震的右肩，從眼角餘光，已明白發生了什麼。

周樂明轉身，摟住蘭婷的肩，讓她偎著自己哭，以手掌摩挲她的後背，給予安慰。

憑藉女人的第六感，玄英意識到，馮蘭婷就是在那時對他動心了。

也是在那瞬間，玄英悲傷地預感到，他們將心心相印。而她木著身子，僵硬坐著，無計可施。

鋼琴師的背叛，熱烈又刺激。

她追尋本能的情慾所向之處，嚐到熱烈的愛，同時亦感到身不由己的悲。

她深情演奏〈The Heart Asks Pleasure First〉，心靈渴望快樂。

但有人快樂，就有人痛。

周樂明跟馮蘭婷，在黑暗空間裡，萌生情愫。

只有玄英煎熬，品味失戀酸澀。

後來，他們交往。

更後來，怕女友吃醋，玄英跟周樂明出遊，總有她。

曾經，她跟周樂明最愛夏天去潛水。因為蘭婷怕水，之後的夏天，他們只往山林跑。

馮蘭婷學會那首曲子〈The Heart Asks Pleasure First〉，常彈給他們聽。心靈渴望快樂。周樂明滿懷愛意地站在鋼琴旁，看女友演奏，他們之間膠著黏稠，自成一世界。

玄英只能孤在一旁，觀賞他們琴瑟和鳴，如膠似漆。

不管電影拍得再美，不管曲子旋律多動人，在玄英耳目裡，全是刺她的毒針。她嫉妒厭惡，唾棄痛悔。

嫉妒教她瘋狂，不斷拿她跟自己比，想找到輸的理由。

彈琴的馮蘭婷真討厭，因為太明亮太美麗。而她吳玄英，她不會彈琴，也不會調情。

當時，在那衝擊劇情裡，她沒有像蘭婷敏感脆弱地感動到哭。

她反而覺得鋼琴師的背叛真可恥。

心靈渴望自由，但縱慾的結果傷害多少人？

失戀很慘，更慘的是，失戀的同時，她還得到自卑。
他們明明白白心動，她只能孤孤單單心痛。
愛情不公平，某人的心動，換來某人的心痛。
再多的苦心經營，謹慎計算每一步，小心翼翼，掂量著以令他舒服的方式，投其所好地拉近跟他的距離。
但她一登場，全盤收割，將他身心擒拿，擊碎她長久的布置。
憑什麼？馮蘭婷自己棄守過，現在又來鬧？
玄英傷心痛哭。不，我才不退出，絕不！
沒關係，下禮拜就結婚，再撐過六天，等大事底定，一切會好轉，再撐一會兒……。

月 老 箴 言

023

吉

「我喜歡你。」
這是全世界最美的一句話。
太喜歡了，變成不敢表白。
心心相印，是多大的好運。

05

第二天夜裡，終於逮著兒子，周爸得知婚禮提前在教堂舉行，他沒意見，還相當高興。

「提早更好，趁我體力行，快生個孫子我幫你們帶。」

「可是你明明信佛教。」周樂明建議。「還是爸你跟玄英說，我們另外找場地，真的太趕了。」

「不行，人家女方都沒意見，而且佛祖慈悲，才不會計較這些。喜宴之後再補辦就好了，婚可以先結。來，你快幫我看，到時穿哪套西裝好。既然禮拜六就要結婚，明天我們就去挑你的西裝。」

「我穿比賽那套就行了。」

「怎麼可以？買新的。婚姻大事一輩子就一次，不要讓玄英覺得我們周家不重視。還有，我要罵你，人家玄英幫我們那麼多，你怎麼可以那樣對她？」

「我怎麼了？」

周爸瞪他。「你不知道自己做錯什麼？」

「蘭婷的事嗎？她跟你說了？」婚還沒結就懂得跟公公告狀？

「馮蘭婷？」周爸臉色驟變。「姓馮的怎麼了？你們還有聯絡？你白痴嗎？那種女人！」

「沒，沒聯絡，只是聽說她回台灣。」

「管她回台灣還是死在哪裡，都跟我們無關！」

「爸幹嘛這樣？」

「我警告你，不要讓玄英傷心，否則我饒不了你。她為你付出那麼多，你敢傷她的心，我捏死你！」

「我知道。」心好累。「所以爸剛剛是要說什麼，我對她怎麼了？」

「就昨天啊，我看她送你回來，你車門一關了就走，不懂事。你就不會讓她上來坐坐，休息一會兒再走？不然也該是你看她開車離開再上樓，怎麼可以自己就上來？沒禮貌又不體貼，這種事還要老爸教？下次別再犯了，不要讓她覺得我們只會利用她，你要懂得溫柔啊。來，快幫我挑西裝。」

他喜孜孜地拉著兒子看西裝，周樂明只覺得大石壓心上。

自從求婚後，沒完沒了，給了交代還不夠，現在添上更多期待。這石頭越來越重，令他喘不過氣。

回房裡，手機通知響起，玄英發 Line 跟他晚安，順便問他看婚紗的時間。他好累，不想回。

點開蘭婷的 Line，自介空白，但背景有一首歌播放。是 King Gnu 的〈白日〉[1]。他立刻搜來聽，查歌詞意思。歌曲論及青春凶猛，犯錯後，懊悔痛苦。如果有第二次人生，一切可以重來嗎？

一切都太晚，不能重來。

周樂明傷心，難得重聚，又鬧到不歡而散。他擔心她的狀況，中午還特地請快遞送去她過去最愛的便當給她。

周樂明點開 Line，試打一段關心她的文字，反覆修改，斟酌用詞。期間，Line 通知一直響，玄英追問時間，他還是不想理，終於敲打出合適的關心訊息。

「婷，對不起，那天玄英很衝，可能讓妳傷心了。中午快遞給妳的便當，有好好吃了嗎？記得吧？這是妳最愛的南洋便當。我已經先把妳不吃的蔥蒜都挑掉。天冷，保重身體。多吃點，早日健康起來。」

他發給蘭婷，然後緊張等待。馮蘭婷立刻已讀，立即回訊。

「你發錯了。」

周樂明心臟一緊，僵住，檢視對話框。

靠！發到玄英的對話框裡。

他扔掉手機，像燙了手，心臟狂跳。

---

❶〈白日〉，作詞、作曲：常田大希，演唱：King Gnu。

很快，玄英又來訊，彷彿什麼事也沒發生，只告訴他時間緊迫，確定能陪她看婚紗的時間就快通知她，不然到時她也可以只穿簡單的白洋裝。

周樂明緊張羞愧。

我到底在幹嘛？

—♡—

「你說他是不是有病，擔心她想不開。」

「馮蘭婷講的是人話嗎？齁，她以為賣慘我就會退出？」

「周樂明太容易心軟，馮蘭婷就是看準他會不忍心，才故意講什麼還愛你啊的，我聽了想吐！」

在露營車裡，陸言川檢視設備，一邊聽吳玄英抱怨。

玄英將他們三人會面以及周樂明傳錯 Line 的事全說了，她情緒激動，一直罵。不管過程如何，反正錯的都是馮蘭婷。

汽車業務員等在車外，他尷尬地聽著裡面咆罵，氣氛不佳，真擔心交易會失敗。

玄英哇啦啦地說那麼多，陸言川只在意一件事。

「所以妳週六結婚？」

「對，時間地址再發給你，記得來。」

陸言川拉開車櫃，看了看裡面，又關上。

「妳覺得怎麼樣？」

「不錯，夠寬敞，比想像中好。你就快決定吧，買個車都考慮半年了。」

「要當住家，當然要仔細挑。玄英，結婚是兩個人過一輩子，妳是不是太衝動？」

「婚本來就要結，只是提早。」

「我都不知道妳這麼激不得，馮蘭婷真是妳剋星。」

「她都好心要幫我伴奏，我幹嘛拒絕？」

「周樂明呢？他也喜歡這麼快結婚，他沒問題？」

「他是覺得太快，但反正他也跟馮蘭婷說了會娶我。他發 Line 關心她，也是因為內疚，畢竟馮蘭婷過得不好。他都道歉了，我也懶得計較。」

陸言川搖搖頭，很不以為然。「自從他求婚後，妳一直生悶氣，他一直在道歉，我以為要結婚的新人應該很高興。」

「因為馮蘭婷偏偏這時候出現，本來都好好的。」

「如果他這麼容易被動搖，妳還要結婚？」

「他不是被動搖！我剛說的你是沒在聽嗎？」玄英吼他。「我不是說了？她生病，她得憂鬱症，他怕她出事才不得不關心她。你到底聽到哪裡去了？你耳背嗎？」

陸言川嚴肅地看著她，不說話了。沉靜的黑眸教玄英忐忑。他什麼都不用說，那眼神就足以教玄英意識到自己太過分。

他下車。

「就這輛。」他跟業務員辦手續。

玄英愣愣地跟在他後頭。陸言川極少動怒，當他生氣，她就更難受，因為知道那一定是她的錯。

稍後，他們坐在貴賓區喝茶，等手續完成。

陸言川不吭聲。

玄英囁嚅道：「對不起。」

他還是沉默，不理她。

業務員辦完手續，交出鑰匙。

陸言川拿鑰匙起身，對玄英說：「一直幫對方找藉口，一直把錯怪在第三者，我不認為這是一段健康的感情關係，妳心裡也清楚。吳玄英，不要因為捨不得多年的付出，就看不清楚事實。捨不得沉沒成本，只會拖垮未來，妳再想想吧。」

他開車離開。

她回到自己車裡，牙一咬，握緊方向盤，還是堅持到底。

—♡—

午夜裡，廟堂中，小柴磨杖霍霍，預備明日破壞婚禮。

九爺跟關爺在一旁飲酒吃肉，看著他對龍頭杖又是擦又是摸地寄予厚望。

「明天就靠你了。」小柴打量龍頭杖。「師父，這把不會是贋品吧？」

「怎麼可能！」九爺笑道：「為師以神格保證，這是真品。」

「小柴啊，你明天打算怎麼做？」關爺好奇。

小柴目光一凜。「斬爛桃花！要嘛給教堂斷電，要嘛讓舞台出狀況，要嘛直接搞更大，讓教堂門鎖壞掉全進不去。這些龍頭杖都能搞定，只要師父沒拿贋品欺我。」

二神大笑，果然一朝被蛇咬，十年忘不了。

「就跟你說是真品了。倒是在你大搞特搞前，有件事我先確認一下。」九爺取來姻緣鏡，彈了彈鏡面，裡面現出一個留八字鬍的胖胖大叔，臉紅紅地活似醉仙。

小柴跑來看，認出仇人。「八爺？」當初退他的月老啊！

「齁齁，臭小子你還在啊？九爺果然什麼咖都敢收。」

「死老頭你——」

拎開小柴，九爺問：「我看馮蘭婷有你們家的月老御守，她是你個案嗎？」

「哦，齁齁，馮蘭婷？我有印象，跟一個周什麼的，好像十幾年了吧？周什麼……？」

「周樂明。」

「對，周樂明求的，他們互為因緣人，我記得是『因果型』。」

「他們分手了。」

「是喔，可惜了。希望有好好分手，不然下輩子下下輩子下下下幾輩子又要糾結——」

「他們沒有好好分手！」小柴跳出來罵。「他們鬧翻成怨偶！」

八爺呵呵笑。「怨偶也是偶，我正在新人婚禮場喝酒，走也。」

鏡面暗下。九爺沉思，拍了拍小柴。「明天就靠你了，周樂明的心不在吳玄英身上，不該結婚。」

「沒錯，我絕不能眼睜睜看我的個案愛錯毀一生。」

——♡——

純白教堂，象徵婚姻神聖。

牧師就位，馮蘭婷也就位準備中。蘭婷的姑姑擔心她狀況，陪在一旁。賓客依序入場觀禮，主持人示意婚禮開始。

馮蘭婷雙手置於琴鍵上，深吸口氣，在主持人暖場後，彈奏起《結婚進行曲》。在賓客注目中，胖胖的吳父領著女兒微笑入場。玄英穿著白色小禮服，心情激動，微笑著步向前方舞台。她多年盼望，那個男人就在前方，他們將共組家庭。

終究，她還是一條黑路走到底。陸言川黯然觀禮。

同時，小柴跟九爺站在教堂入口。小柴卯起來了——就是現在！

他揮杖喊：「停止供電！」

電力超穩。

「停止供電！」

電力如常。

「怎會這樣？師父？」

九爺納悶。「奇怪，這把是真的啊？難道——」

九爺閉目掐指一算，小柴急催促。「快，婚禮要完成了！」

「原來如此，小柴，不是龍頭杖的問題。」九爺發現問題了。

「可它沒作用啊？」

「因為龍頭杖的能源來自雷公。」

「又怎樣？」

「每年都有一天，雷打得厲害，你知道是哪一天嗎？」

「我知道個鬼，要交換誓詞了快說！」

「驚蟄啊，驚蟄之日自凌晨起，那個雷喔，轟隆隆劈來劈去，為了喚醒冬眠地底的蟲兒，因為春天要來了。」

「所以跟龍頭杖有什麼關係？」人老廢話多。

「每年驚蟄前一天，龍頭杖會失靈，因為雷公忙著布雷去了，沒有多餘能源供給它，所以今天沒辦法用龍頭杖喔。」

說罷，一陣靜默。

小柴瞪著九爺，九爺也看著他。

按理，下一秒他就會崩潰，大吼大叫大發狂。

但意外的是小柴沒有。

被九爺搞太多次，容錯率大大提高。這一回，小柴暫時撇開情緒，要先把事搞定。

他伸出手。「給我金粉。」得快想別的辦法。

也是在這一刻，九爺知道小柴已夠格登神了。這小子終於成熟了，不再被情緒綁架衝動壞事。

他交出金粉。「要灑誰？」

小柴想，這金粉不但促進好人緣，還能使人更有勇氣貫徹意志。

「灑吳玄英？」小柴問。

「她會更有勇氣孤注一擲錯到底。」畢竟這女人長久來只看得見周樂明。

「灑周樂明？」小柴問。

「他會更有勇氣背叛吳玄英，拒絕她，給她難堪，然後餘生都在內疚。」

似乎也不怎麼完美。

「我知道了！」小柴決定了。

唉，神明原來好需要智慧，傷害要降到最低啊！

舞台上，周樂明看著玄英走向自己，他心跳如鼓震。不是因為興奮，而是因為慌。

這是對的嗎？

玄英目光篤定，站他面前。牧師宣講誓詞了，他心慌意亂，在牧師授意下，他面對玄英，宣讀誓詞。

玄英緊張等待，看他舉起手，看他緊張又惶恐地發誓。

「我，周樂明，在天主與教會面前……，」他艱難地停頓了會兒，又繼續：「娶妳——」

那邊，拽著金粉，小柴嘩地灑了，全灑在馮蘭婷身上。

馮蘭婷原本是呆怔望著琴鍵，絕望地等待一切結束。

忽然，她雙手動起來，決定最後再努力一次。

她輕輕地彈起〈The Heart Asks Pleasure First〉。

這曲子一出，震動周樂明，眼淚立刻奪眶而出。這是他跟蘭婷的定情曲。

她閉目彈奏，傾注全部情感，每個音符都如泣如訴。

玄英凜容。這個馮蘭婷——

賓客微笑，誤會這動人的旋律是宣誓時刻意安排的浪漫氣氛。

周樂明忘詞了，又重新唸起。

「我，周樂明……在天的面前……不對，在天主，是天主……。」

賓客笑了，以為新郎太緊張。

不，玄英惱怒。她知道他怎麼了。

看他神情勉強，眼色痛苦，惶恐地唸誓詞，彷彿將走上斷頭台，她看出殘酷真相。

娶我，他沒一點歡喜。他不愛我，他在勉強自己娶我。

那該死的琴聲嚴重干擾他們，像一道催命符，像敲喪鐘。

牧師也感到新郎異樣，一直跟馮蘭婷的姑姑比手勢，要她制止彈琴。但蘭婷越彈越大聲，越彈越肆無忌憚，越彈越奔放。

玄英眼淚湧上。陸言川說得對，這段感情不健康，她一直找藉口美化他，而他則是逼自己娶她。

「不要唸了！」玄英怒吼，忽然轉身衝向蘭婷。「都妳！」一記右拐，將她尻下，騎到她身上，揪住她領口咆叫：「都妳！現在高興了？妳爽了？妳自己放棄的，為什麼又來搶？」

「他又不愛妳！」

啪，玄英呼她巴掌。

賓客驚呼，混亂中，蘭婷推玄英，她倆互抓頭髮。場面失控，蘭婷的姑姑罵著要拽下玄英，周樂明試圖拉開玄英，周爸爸則驚駭地要拽離兒子。

而玄英像發狂的野獸，蠻力驚人，誰都勸不住。她的溫良恭儉讓、壓抑退讓，她長年犧牲付出，在這時化為爆發的蠻力，揪著蘭婷發瘋地喊叫：「妳就是故意，妳渾蛋！」

「玄英，妳別這樣……。」周樂明企圖掰開她的手。「妳會弄傷她，妳快下來。」

玄英還是跨在蘭婷身上，扯她頭髮。蘭婷尖叫，也扯拉她的髮。

「妳不要臉、妳無恥！他好了，妳又來搶，妳憑什麼！」

「好了！」周樂明終於將玄英從蘭婷身上硬拉下來。他護在蘭婷身前。

「打我好了，妳打我，是我不好！」

玄英一拳擊出，他沒躲，正中鼻子，鼻血噴出。

「樂明哥？」蘭婷抱住他，罵玄英：「妳瘋了?!」

「就瘋了怎樣？」她又要去揍蘭婷，眾人阻擋，將他們隔開。

「叫警察，快！」蘭婷的姑姑氣嚷，指著吳玄英。「她打人，我要報警，你們全看見了，全是證人！報警！」

「好了，這點小事，我就是警察。」陸言川過來，亮出證件。

「警察？好，她現行犯，把她關起來！快抓她，我們全是證人！我告她傷害！啊——」忽被怒推一把。

「妳告啊，打妳女兒又怎樣？她欠揍，她破壞人家婚禮，怎樣，瞪我幹嘛？不服嗎？來幹架啊？誰怕誰！」

玄英媽媽捲起袖子，準備替女兒出氣。吳爸趕緊把妻子拉開。「好不容易沒事了，別鬧。」

「不是啊，她怎麼有臉告人？」

「都冷靜，一個個處理。」陸言川瞪著吳玄英。「妳，現行犯，跟我回警局。」又指著哭泣的馮蘭婷跟流鼻血的周樂明。「妳跟你，一起來。」

—♡—

陸言川想笑，但硬是忍住。

這不是該笑的時候，儘管婚禮毀了他很樂。

警局裡，坐他對面的吳玄英，妝都花了，眼睛一圈黑。盤好的髮亂糟糟，白禮服髒汙，口紅暈開糊成一片在嘴角。下眼線糊掉，如兩條黑色眼淚。

這個新娘好狼狽。

陸言川慢條斯理地唸她。「妳也是，這事能用拳頭解決嗎？幸好馮蘭婷跟周樂明都不提告，不然妳這是傷害罪，知道嗎？」

經陸言川同事幫忙調解，馮蘭婷臉腫了，周樂明鼻孔塞著衛生紙，還在幫著安撫蘭婷的姑姑，勸她息怒。周爸也幫著拜託，怕玄英惹上官司。

事件和平落幕，當事人也陸續離開。

陸言川好聲好氣安撫玄英。「好了，現在人也揍了，氣消了沒？妳爸媽還在外面等。回家後，睡個覺，沒什麼過不去的，先好好休息。」

「我不回家。」

「不回家要去哪？」

「不是有拘留室？」

「想睡拘留室？」

「把我關起來，我一出去就想揍她。我現在連殺她的心都有。」她惡狠狠地道。

「理解。」陸言川倒是淡定。「也是，這時放妳出去，跟放一頭猛獸出閘沒兩樣。」

他怎麼不理解，情殺案辦多了，失戀像發瘋，更何況玄英這場苦戀耗時良久，卻一夕崩盤。

他撫著下巴思索。「確實，得關起來。」關到冷靜為止，好好婚禮搞成這樣，不瘋也成魔。

情變中，人失常，這時要的不是正念金句，而是冷靜期。

他走出去跟玄英的爸媽說話，讓他們先回家，再把露營車開來，將玄英關進去。

「怎樣？這監獄設備不錯吧？」他笑問，看玄英爬到上方床鋪，趴平，臉埋在床裡，也不管自己還沒卸妝。

陸言川心痛，新鋪的白床單毀了。

但他最好閉嘴，因為她現在跟猛獸沒差別。

他發動露營車，開往海邊。

—♡—

紅太陽殞落前，漫天橘霞歡送。

海浪激情咆叫，隨漲潮之勢撲打岸邊的巨石群。白浪激憤，吞沒砂石，像有洶洶恨意，要報復誰地急欲捲走一切，收復失地。

然而誰的感情都一樣，覆水難收。

露營車停在海邊，陸言川縮在車裡的小沙發區啃麵包，觀看平板播放的YT影片。

他最愛的頻道是「我是佐藤 SATO」，教導各種佐藤流的獨家打掃祕法。有著小白兔般溫柔長相的 YouTuber，總是輕聲細語，以一種跟快世界相反的溫柔語速，分享如何打掃居家物品，搭配自創祕法。

陸言川每次看著，就覺得世界和平心靈被洗淨。儘管，現實非如此——一旁那個女人，原本直挺挺趴在床，忽然爬起，像貞子那樣爬來，往下撈起她的皮包，拿出手機，開始打電話，然後——

車裡，開始她持續不斷的密集轟炸。她的咆叫凶猛，一如車外的浪濤。

「周樂明你他媽的就是腦子有病！你娶我就一副想死的表情？幹，你就是希望我自己放棄嘛！我放棄了，開心了？滿意了？

「周樂明，你是不是喜歡ＳＭ，你被虐狂吧?!不是？不是你他媽的我揍她你攔個屁？你覺得她對嗎？婚禮彈那個曲子對嗎？她不欠揍嗎？你別再說她生病，有病的是你，是你們兩個！你們、你們都變態！

「周樂明，你以為我看不出來？她回來你就想撲過去，你就是犯賤，還買便當給她？還挑蔥出來？你幹嘛不乾脆衝去她家幫她把屎把尿當她僕人伺候她？反正你天生賤骨！

「周樂明，我說你當初就該被車撞死，你殘廢更好，反正你腦子裝的全是屎！早知你這麼喜歡被虐待，我陪你復健個屁，你死好！你跟馮爛人天生一對，你活該被她背叛，你王八蛋，你們全給我下地獄去！」

她吼到身體發抖聲音啞。

從來不罵他，現在她罵很多髒話。從來不詛咒，現在她詛咒不停。從來都對周樂明和氣溫柔，現在她發瘋飆罵，口無遮攔地飆出滿腔怨氣。

平板裡，佐藤正在傳授陳年杯盤的清潔辦法。

陸言川淡定地坐在炮聲隆隆裡，縮在狹小空間啜著熱茶。他也給玄英沖一杯，待會兒罵累了口渴可以喝。

她罵完一陣，過來問他：「手機借我，我的沒電了。」

陸言川交出手機，順手接下玄英遞來的手機，幫她充電。

玄英又撥給周樂明，繼續吼：「你閉嘴！你不要跟我說對不起，你不要叫你爸來說！你道歉個屁，你不配跟我道歉，你們倆個愛得要死，快手牽手去吃大便！」

陸言川忍不住笑，玄英罵人的語彙實在好貧乏。

現在，佐藤教大家調配天然洗滌劑，完成後，輕輕鬆鬆除掉陳年杯垢，杯子又白亮如新。

可惜，人心不易除舊布新。

長年浸在苦戀裡的吳玄英，是該向周樂明咆叫發洩，清空心裡隱藏多年的種種委屈。

陸言川希望周樂明起碼能做到乖乖聽她咆哮，至少讓她徹底發洩。情緒有出口，人就不會因為憋住而把自己憋壞，失控幹出傻事。玄英想怎樣發瘋，隨便，他只要確保她不傷人傷己就好。

熱戀是生病，失戀也是生病。熱戀像發燒，神志不清精神恍惚。

失戀像吃壞肚子，嘔吐瀉肚虛脫難堪困窘，無法出門只想藏。

如何陪伴失戀發瘋的人？盡量三陪，陪吃陪聊陪哭。

熱戀中的不用理，失戀就得小心關注。因為人在失戀特別孤獨，發現世界不繞著自己打轉。哪怕痛到哭天搶地，世界照樣它的風和日麗。當失戀的人說她生無可戀，要相信，她確實是這樣悲慘。儘管不能感同身受，也絕不笑她自作自受。

所以陸言川逆來順受，隨便吳玄英發瘋，只要確保她平安。

她現在就是病患，生病的人，沒法用道理。

她不停打給周樂明，罵好幾輪了，罵到深夜還在罵。周樂明還是每通都接，罵到陸言川的手機也沒電，又換回自己手機繼續罵。

終於滿腔怒火都發洩，罵到累了，放下手機，她躺下，安靜了。

陸言川關上平板，爬上床，躺在她身旁。

兩人一起瞪著車頂。

「可能我媽說得對……，」玄英開始自我懷疑。「我如果早點學著打扮，每天化妝穿漂亮一點，說不定周樂明會更喜歡我。」

「妳的工作也不適合吧？」

他翻身側躺，撐著下巴，看她。

她又悲哀道：「我都三十三了還失戀，太失敗了。都這麼老了以後不會有人喜歡我了，我好慘，我真可悲，還不如去死。」

「哎，尊重一下三十八的我好嗎？三十三算什麼？」

「我是不是很沒女人味？還是我太無趣沒有情調，周樂明才對我沒興趣？他看著我唸誓詞，他、他、他——」她崩潰嚷：「他一副上刑場的樣子，我這麼恐怖我都不知道！」

「要不要跟我打炮？」

蛤？玄英愣住，翻身瞪他。「你是不是欠揍？」

他笑了：「打素炮，沒聽過？現在流行咧。」

「什麼是素炮？」

「就什麼都不做，純睡覺。」他拍拍肩膀。「這邊借妳哭。」

玄英呿一聲，翻回去繼續躺。「我不哭，我哭屁，不值得。我就覺得自己蠢，馬的，我還在婚禮上揍人，丟臉死了。」

手機震動，有人來訊。

玄英拿來，點開訊息。是周樂明。

「玄英

記得那時在醫院，我靠輪椅行動，得知馮蘭婷拋棄我出國了。我在廁所自殺時，被妳發現救下。

記得當時妳怎麼勸我嗎？

妳跟我說，沒了女朋友，連腿都廢了，就算這麼慘，妳勸我別害怕。

妳說，最初每個人也都不會站，都是躺著到世上，兩手空空哭著來。後來擁有什麼，都是多的。妳說怕什麼？我其實什麼也沒失去。只要跟出生時候比，要再進步好容易。

我知道妳感覺被我背叛，但我並沒有要跟馮蘭婷復合，至少目前真沒有。

我只是很怕，怕跟妳結婚反而害了妳。

我很努力了，但感覺跟妳就像家人，妳也看出我有多勉強。

我求妳好好活下去，哪怕每天都咒我，像當初我咒罵馮蘭婷那樣恨我也沒關係。

妳值得跟真正愛妳的人，一起共組家庭。

請妳相信，在妳得到幸福前，我都會在彼端為妳祈禱，願神明將更好的人帶給妳。

愛不能勉強，妳值得真心愛妳，珍惜妳的伴侶。

現在，我用當年妳勸我的話，安慰妳。

妳其實什麼也沒失去，不要灰心，別因為我這個不值得的人，葬送妳的美好未來。」

放下手機，玄英左臂掩面，淌下熱淚，終於哭出來。

凌晨，天空開始狂閃電，雷聲轟隆，強悍且密集地持續擊打。

驚蟄節氣至，雷聲震醒冬眠蟲，春天來了。

吳玄英哭了，心中某個極重要的部分，隨淚淌逝，一起死掉。

那部分跟她的青春綁在一起，那部分她以為能永遠。

她哽咽泣訴。「陸言川，我不甘心……從暗戀到陪他走出低潮，終於被求婚，都努力那麼久，就差一點……。」

「向未來看吧，不要被沉沒成本綁架。」

「但我放不下他，我沒辦法想像沒有他的生活……。」

「妳聽過柴嘉尼效應嗎？」陸言川說：「人對一旦開始的事，就會不由自主想完成，這是人性。也許妳從暗戀開始，一路能夠愛那麼久，是因為柴嘉尼效應。」

他慢條斯理講給玄英聽。他說，柴嘉尼效應是一種心理現象。人對「未完成的事」比「已完成的事」，記得更深，還會在腦中反覆盤旋難以放下。如果事情完成了，柴嘉尼效應一停止，人對事件的記憶和關注，反而大減。

陸言川開導她，暗戀就像未完成的愛情。當感情懸而未決，像未完成的任務，就讓人更難釋懷。

這種懸念，會讓人不斷回想揣測、沉浸其中無法自拔，陷得更深也更上癮。於是思緒都被對方牽動，甚至過度解讀對方言行，沒對方就活不成，愛到死去活來，誤會自己愛得好深，但可能都被柴嘉尼效應騙了。它害我們喪失理性，失去心智，在錯誤的關係中浪費一生。

他勸玄英，當斷即斷。

知止，是愛裡的智慧。現在停很好，總比結婚後悔好。

陸言川說：「誰知道呢？說不定過幾年回頭看，妳會慶幸這個婚沒結成。妳只是被柴嘉尼效應愚弄，妳捨不得的，只是多年投入的沉沒成本，妳根本沒那麼愛他。」

「明明就很愛好嗎？」

「就算很愛，但愛情是互相的。關係嚴重失衡，怎麼會幸福？現在是不甘心失去他，真結婚了，老了會不會變成不甘心他虧待妳？難道妳是另一個周樂明？像妳剛罵他的，明知他在傷害妳，還是很喜歡被他虐？」

她閉上眼，還是直下雨，雷聲隆隆伴她嗚咽。

她決定放棄了，但沒餘力祝福對方。她在凶猛淚水中，祝福自己。祝自己能在徹夜春雷後，從沉浸多年的苦戀醒來，在彷彿死透的絕望中生還。

雷打大地，驚動黑泥深處的蟲，熬過寒冬未死透，就有新生可能。任何時候醒悟都不遲，遲的是毀自己不夠，又去毀他人。

玄英慶幸自己，最脆弱時，有人將她拖進安全地方藏匿，讓她有機會慢慢冷靜慢慢醒。

她曾給別人雪中送炭，或許是因為這樣，在她最傷心脆弱時，也有人送炭暖她。

陸言川好脾氣地陪聊徹夜，耐心聽她訴苦。

玄英慢慢冷靜下來了。她不知道，花還會不會再開。但她決定，以後，再也不當陪襯誰的綠葉。

月老箴言

024

平

沒餘力祝福對方，就祝福自己。
祝自己能從苦戀醒來，在絕望中生還。
還沒死透，就有新生可能。
任何時候醒悟，都不遲。

06

徹夜雷擊暴雨，黑暗的海面青光陣陣，宛如世界末日景象。

隔日，卻是晴空萬里，陽光明媚。

吳玄英跟陸言川聊到清晨才睡。那時她又哭又鬧，已經精神恍惚，陸言川徹夜陪聊也疲憊，結果他們真躺在一起啥也沒做地純睡覺，實踐生平第一次的「素炮」。

第二天，玄英享用露營車的沐浴設施，換上陸言川出借的運動服。身體乾淨，心情也穩定些，不再奪命追魂地電罵周樂明。她查了陸言川說的柴嘉尼效應，得知破這效應的方法就是要轉移焦點。

她試著脫離周樂明的宇宙，想停止腦中重複想他的畫面，於是她下車，陸言川拉開側邊帳，他們在無人海邊用K歌麥克風狂飆歌，藉唱歌發洩積怨。

東北角海岸，湛藍天空，棉絮般的白雲，層層堆疊。兩隻老鷹盤旋，聽他們在鬼吼鬼叫。

午後，打開墊子，他們趴在上面喝咖啡。玄英翻看陸言川的鑑識筆記，厚重的資料夾，全是古代鑑識奇案。

有摘自秦國的刑偵文章〈封診式〉，其他朝代的《折獄龜鑑》、《疑獄集》、《洗冤集錄》等。

玄英翻看一樁樁悲劇，從古至今未變的是人性的貪嗔痴。

愛恨情仇，教人們喪心病狂。幹出種種蠢事，或意氣之爭，或不甘心，損人不利己，最後還賠上自己。她讀著，心驚膽戰。

昨日暴怒，她也氣到發狂，竟打罵他們。那時的吳玄英，連自己都陌生。

其中，有一篇文章吸引她，是清朝刑案。

「山左某甲與某乙積不相能，適甲之婦因它故自縊，甲視為奇貨，乘夜負屍於乙之門，懸於楣上。明日乙起，見屍大懼，正惶遽間，甲至，伏屍哀慟，控於官……。」

「這我看不懂。」玄英問他。

「哦，這案子很特別。清朝山東地區的某甲與某乙長期失和，某日，甲妻因故上吊。甲竟將妻子屍體視為奇貨，趁夜將屍體搬到乙家，懸門楣上，想嫁禍乙。」

「超扯！」

「是啊，第二天他哭著報官，聲稱昨晚妻子到乙家借米徹夜未歸，不知為何遭到意外。乙百口莫辯，幸好官府驗屍，以昨夜大雨，門前路泥濘，甲婦鞋底又無濕泥，若非有人揹至乙處如何致此？在調查後，將自導自演的甲抓進牢裡，還乙清白。」

「老婆自殺，他不傷心還將屍體當成珍寶，拿來陷害別人，真是畜牲。」玄英鄙視。

「因為彼此沒感情吧，古人婚嫁都由父母決定。」陸言川又翻出另一資料。「妳看，這也是悲劇，也發生在清朝。」

玄英閱讀他的手抄筆記：

「林氏與馮氏，自小情同姐妹。各自婚嫁後，兩家因藥材生意仍頻繁往來，常結伴同遊。

某回花期，聚山野酒肆，兩家人把酒言歡。林氏酒醉回房，醒來外出，見夫君與馮氏於暗處旖旎，耳鬢廝磨。

林氏震驚嚷告官，馮氏夫君卻代妻求情，勸林氏莫聲張。然勸阻無效，事鬧大，官衙尚未處置，馮氏已被家中耆老關押，以辱沒家風罪名，命鄉勇浸豬籠溺斃。林氏趕赴勸阻，為時已晚。

其夫愛馮氏，慟極，拔刀自刎，追至黃泉，隨馮離世。」

明明是醜陋不堪的偷情男女，卻又為愛甘心捨命相隨。

「這篇跟驗屍無關，你為什麼搜集？」玄英問。

「我好奇。妳看，」陸言川指著其中一句。「馮氏夫君，代妻求情，勸林氏莫聲張。」

「你好奇什麼？」

「不覺得奇怪嗎？老婆跟別人的老公偷情，林氏氣到告官，他竟勸阻，還要她別聲張。我在想，一是他太愛老婆，不忍心。二是要面子。三有沒有可能，他早就知道他們的姦情，所以反應冷靜，不像林氏大受打擊。」

「誰知道？我們又不是他。」

「如果妳是林氏，妳會告官還是息事寧人？」

「被好姐妹跟夫君背叛，當下也會氣到想告官吧？敢背叛就要付代價，否則世間哪有正義？」

「即使聲張的結果，馮氏會丟命？夫君也隨她去，往後要揹上兩條命度過餘生？」

「那……如果會攤上人命，我氣歸氣，最終，我想是會忍下來。」畢竟揹兩條命的代價太慘烈。

陸言川說：「當時讀到這篇文章，我就想，以後林氏心裡會舒坦嗎？她報復了，然後呢？她會活得多沉重？如果選擇放下，跟背叛她的夫君生離，瀟灑過自己的日子，會不會活得更自在？」

玄英聽著，也有感觸。

憤怒確實教人盲目衝動，只想報復。假如昨日沒有馮蘭婷鬧場，如願跟周樂明結婚，自己真的就會快樂幸福？明明他心裡還有另一人，他也承認對她就像家人。

像那些古代舊筆記，婚姻裡沒有愛情，是連妻子的屍體都能拿來用的。就算法律規定各種方法，懲罰外遇不忠者，終究也約束不了想背叛的人。

愛情，像向日葵向陽光開展，自然而然。

馮蘭婷就是周樂明的陽光吧？她就是再努力，也只能是支撐他的土壤，不能教他欣然嚮往。

她似有領悟。在愛裡，沒有正確、公平、正義。愛是這樣霸道的存在，為愛瘋狂，因愛毀滅，自古就有人受害，不獨我自苦。

陸言川手機響了。真掃興，假日遇到刑案，他要去支援。

「妳一個人待著行嗎？」

「可以，我沒事了，你放心去忙。」

陸言川將車子留給玄英，自己搭計程車回警局。

吳玄英曬了一陣日光，呆望藍天碧海，又回到車裡，將被她弄邋遢的環境打掃得乾乾淨淨。

擦拭小几物品時，她拿起陸言川裝茶葉的陶罐，發現底部壓著東西。她愣住，掏出皮包，拿出自己的。

兩副一模一樣的粉紅月老御守，來自同一間廟。

陸言川也求了月老？

也是，都三十八歲，至今還孤家寡人。

看著兩副一樣的御守，玄英心情複雜。

求月老時，月老允筊，最後樂明也真的求婚。然而婚禮時，他聽著蘭婷的琴音，勉強又痛苦，教她卻步，只能放手。

不甘心，也沒奈何。看他勉強娶她，太傷她自尊。

過去愛他，愛到全心全意孤注一擲地沉浸其中，以為一股腦兒付出，就會換來他的愛，贏到好結果，現在終於痛醒。

當妳的愛，像夏天的孑孓般氾濫，妳的人，也就像蚊子般廉價。

最後妳對他的付出，只會像蚊咬的腫包，癢他一陣就完了。並不會因為妳凶猛的付出跟討好，就能換來刻骨銘心地愛妳。

因為人心所向，難以控制。

她越努力想控制他的心，最後反過來卻是被他控制住，持續浪費自己。

早該清楚，事實就是她跟周樂明只能做朋友。

玄英曾跟媽媽辯駁過這個議題，認定自己長年的付出定能感動周樂明，當時媽媽不以為然，一直要她放棄苦戀。

記得那時，媽媽說了這樣一段話。「泰戈爾曾說，友誼和愛情的區別，在於友誼意味著兩個人和世界，而愛情，意味著兩個人就是世界。」

那時，她不懂。

那次久別重聚，玄英意識到了，當他們兩人淚眼相望，他們是自成一世界。那不是她能參與的天地，那是戀人自然形成的排他性。

是她死心眼，導致更難看的局面。

再不醒，怕積怨更深，餘生都作廢。

就如媽媽說的，沉浸的愛人，嚮往細水長流的感情，也要流對方向。

哪怕愛得再沉浸，也許人在愛裡，仍要保留一點清醒。那點清醒，是用來觀察自己，否則過度沉溺，會滅頂。少了一點覺知，就會盲目。失控的熱愛，若無智慧，只會損人不利己。不但自己難受，對方也不感激，只會被妳愛到痛苦。

玄英從皮包裡，抽出一排抗過敏藥，扔進垃圾桶。

掰了，周樂明，我免疫了。

你，才是我吳玄英人生中，最大過敏源。

我總算看明白。

—♡—

「幸好最後一刻，吳玄英放棄嫁給他。」

在露營車車頂，月小柴躺平。有驚無險，低空過關，累斃。

九爺躺一旁，放下姻緣鏡，拿出威士忌。終於可以安心開喝，對著碧海藍天與翱翔的老鷹，這風景下酒甚好。

「吳玄英完成該修練的感情功課，爛桃花斷開，陸言川也如願和她更親近了，剩下靠他們自己，我們可以退場了。」

「師父，深情的人，是不是都沒好下場？」

「你哪來這麼偏頗的思想，深情哪裡錯了？」

「但我看那些重感情的人，常常都活得很痛苦。就像吳玄英，最後還是被辜負了。」

「不，你要將眼光放遠，在量力而為的前提下，勇於愛人，樂於付出，只要不怨悔，將來必有福。」九爺說：「我之前不是跟你說了，陰陽定律，能量總是傾向平衡。愛過頭失衡了，必顛覆受苦。然而，所有能量都會自然而然找平衡，你施予別人的種種好，未來必有人施予你種種好。施人刀刃，將來必遭刀刃。允人方便，他日必得方便門。斷人財路，未來財路必損。莫看他人一時富貴，不義財終將損己禍家人。莫笑世上無因果，因果經上天授意，已加速實證之例。蒼天有眼，比人間律法更嚴明。」

小柴覺得九爺說得有理，好吧，也許深情的人最終還是有福的，畢竟那句話怎麼說的？傻人有傻福。

所以，失戀失敗失去一切，不要走上絕路。撐下去，熬一會兒，也許雲開明月來，它日花再開。

—♡—

案件終結，小柴書寫記錄時，問一旁正烹茶的九爺。

「師父，我一直在想，陸言川既然好奇那個浸豬籠的案子，還是我託個夢，讓他回憶起自己的前世？」

「何必呢？今生過得好更重要吧？」

「嗯，也是。」反正經過這回相處，往後沒周樂明礙事，他跟玄英的感情路會更順，水到渠成只是早晚。

猶記那時跟師父一起追看他們前世，正是清朝那樁浸豬籠悲劇。

當年的馮氏，就是今生的蘭婷。她紅杏出牆，愛上的林氏夫君，正是今世的周樂明。姦情被林氏揭發，遭浸豬籠殞命。

曾跟她情如姐妹的林氏，就是吳玄英。

而馮氏當時那位堅不告官，苦勸林氏別聲張的丈夫，是陸言川。

小柴想到陸言川針對案件裡主人公的猜測全錯誤，就感到好笑。

「陸言川好傻，當年馮氏丈夫不追究妻子的原因，猜半天都猜錯，明明猜的就是自己的前身。」小柴嘆道：「不告官，才不是因為怕沒面子，也不是因為太愛妻子，真相是他心虛！」

九爺捧著剛煮好的熱茶喝。

人間情感，愛恨情仇亂如麻，前世今生千萬縷，輪迴幾世兜兜轉，一時半刻想釐清楚，哪有那麼容易。還是珍惜當下最要緊，關注現在，過好現在，就是通往幸福的第一準則。

在那遙遠清朝，陸言川身不由己，滿懷心虛。他自覺沒資格批判妻子。他甚至早就知道妻子的姦情，還默默縱容。

事發當時，陸言川阻止林氏告官，甚至替妻子求情。林氏曾為了丈夫的茶行生意，變賣祖產助其度難關，突遭背叛，更難忍。

直到馮氏跟夫君雙雙殞命，才痛悔，一病不起。

陸言川幾回帶藥探視，勸她釋懷，還是無法令她緩過來。

當林氏身體一日日壞下去，陸言川的心情也一日日慘淡。直到林氏病故，都沒敢告訴她實話。

實話是，當時他替妻子求情，是因為問心有愧。

他跟妻子奉父母之命結婚，個性不合，一個嚴謹，一個浪漫多情。自從因妻子認識林氏後，幾次兩家出遊，他對寡言沉靜的林氏有好感。

他其實也對婚姻不忠，哪有資格怪罪妻子？

即使隱約知道妻跟林氏丈夫有染，他選擇沉默，只因貪圖和林氏的關聯不會斷，甚至縱容妻子追求所愛，暗暗羨慕她勇敢，直到悲劇發生。

四人的前世糾葛，今生總算全部開解。

小柴寫著寫著，忽然唉唉叫起來。「我這月老當到快變月嫂，為了這些難搞的愛，我好像忽然老了七、八歲，我不能再經手這麼困難的任務，我的小心臟好累，愛情太難了。」

愛情複雜，人心更複雜。

九爺呵呵笑。「哪裡難了？愛很簡單，總歸一句，這世間有人視你如敝屣，定也會有某人當你是珍寶。熱戀時不要衝過頭，留一點清醒來觀察自己。失戀時，不要怨恨怕。且等等，讓時間走一陣，那個視你如珍寶的人，總會出現的。想戀愛，得良配，熟記『三信原則』：信號、信念、信仰。」

「什麼是『三信原則』？」

「信號，關注身邊各種愛的可能。信念，相信秉持善良正直必遇良人。信仰，相信自己足夠好，不需卑微乞討才能得到愛。如果必須如此，對方肯定非良人，要快逃。以上三信齊發，愛必臨。」

「愛必臨！」

小柴鼓掌，笑著叫好。

月老箴言

025

吉

熱戀時不要衝過頭，
失戀時，不要怨恨怕。
這世間有人視你如敝屣，
定也會有某人當你是珍寶。

— 姻緣類型 —

7

貓的報恩

團圓

牽成 ❤ 對象

傲嬌強氣大小姐 vs 自我感覺良好轉學生

所有我們深愛過的因緣，

終究會在彼岸團圓。

01

今天，十七歲的柯金玉有弟弟了，取名「柯金寶」。

百坪挑高大廳，燦爛水晶燈，L型義大利沙發，柯家人團聚一起。管家陳姨忙著端茶上點心，奶奶瞅著戶籍本笑瞇了眼睛，金孫入籍了。

「手續辦好，我也放心了。」奶奶逗弄娃兒，高興柯家有後。

金玉坐在沙發最遠處，冷眼看爸爸摟小媽的腰，小媽抱軟綿的娃，他們挨著奶奶討論男娃像誰呀？奶奶給小媽使眼色。

「晶晶，妳以後要對大姐好，宜蓉大器才成全你們。」

「媽這麼說，害我都不好意思了。」章宜蓉笑得溫良恭儉讓。

金玉看著心中只想罵髒話。

靠北，小媽只大我三歲啊，只有我覺得噁心嗎？

睡前，金玉跟媽媽抗議。「奶奶怎麼可以這樣？還讓她搬進來？」

「反正是住樓下，不影響。」章宜蓉坐在梳妝檯前保養臉。

「媽，這次妳一定要硬起來，我們離家出走，我不要看到他們，噁心！」

「好啊，那以後上學沒司機接送，要跟同學擠公車，可以嗎？」

「可以。」

「以後也不能搭飛機到首爾看防彈喔，應援小物小卡都不能再豪邁地買買買，可以嗎？」

金玉緊張地盤算起來。

「別算了。」敷上高級面膜，喝下頂級燕窩，章宜蓉淡定道：「妳喔，這是電視劇嗎？還離家出走。鳩占鵲巢，鵲還落跑？傻不傻啊？房子這麼大，上下兩層都我們的，就當養兩條狗，施比受有福，做人要懂分享。」

分享可以用在這裡嗎？樂善好施有包括這個嗎？

「我幹嘛要跟別人分享爸爸？媽，妳剛還對那個小三笑那麼開心？也太假了吧？」

「什麼假？我是打從心裡高興欸！」

「老公被搶是在高興什麼？」

「女兒，孔融讓梨聽過吧？妳知道孔融為什麼要讓梨嗎？不是因為他樂於分享，而是因為他年紀小，知道比起大梨子，討長輩喜歡更重要。長輩高興了，以後能獲得的資源可是比梨子多多嘍。」

蛤？金玉傻了。是這樣嗎？

「媽，妳這樣曲解孔融，有沒有想過他的感受？」

「我是要跟妳說，孔融讓梨這個故事就是教妳眼光要放遠，不要在小地方你爭我奪惹人厭。媽剛才就是打從心裡真心笑出來。妳過來。」章宜蓉拉開抽屜拿出文件。「妳看，這是奶奶最近買給我的房子，改天帶妳去參觀。」

「又來！」金玉打開手機點開照片滑滑滑。「這三輛車、兩間房全都媽的名字，可是都只付頭期款。」

老套了，爸每外遇一次，媽就得到補償，或車或房，但全貸款。

「有差嗎？反正貸款妳奶奶會繳。」

「這是套路，媽看不出來嗎？爸跟奶奶如果真心要送妳，就會全款付清，幹嘛貸款？他們用這些套牢妳，讓妳不能鬧又走不開。所以爸才敢這麼囂張搞外遇！」

「我知道啊，但是哭哭啼啼只會被討厭，誰讓妳爸就是個空殼，錢跟公司都在妳奶奶手裡，我絕不離婚，不划算。」

可悲啊……金玉嘆息。

「我如果心理素質不夠強，當你們的孩子早就崩潰了。」

「是，是會崩潰，吃好住好用好，好到讓妳崩潰。」

幹嘛這樣酸我？金玉哭了。

章宜蓉卻笑。「這也要哭？」果然青春期，多愁善感動不動崩潰。像她，淚早流乾，心腸已硬。

金玉悲憤。「我以後要結婚絕不找像爸爸這種的，條件再好，感情不專有個屁用！」

「是，我們不好，快去跟妳老公訴苦，讓他給妳呼呼喔。妳老公六月退伍，要不要跟他私奔？」章宜蓉笑呵呵地虧女兒。

幸好，我還有你！

柯金玉躺在床上，對防彈少年的金泰亨小卡掉淚。房間牆面門後桌面，全是他的海報跟小物。她在泰亨宇宙裡療傷，感覺世界毀滅，傷心得就快死掉。

抱著印有歐巴照片的抱枕，她訴苦。「泰寶貝，我今天真的慘，歐巴絕不像我爸那麼花心對吧？我要跟爸絕交，以後我只有你了嗚嗚嗚……。」金玉淚流不止，啜泣道：「你知道嗎？我現在是忍辱負重，為了以後還能飛去首爾看你演出，我會在這裡忍辱偷生。雖然很氣我爸，但我會忍耐。有時候，生活就是這麼不容易啊……。」

—♡—

「有情來下種，因地果還生。無情亦無種，無性亦無生……。」

廟堂的紅地磚，往來踩踏，全是殷勤拜月老的眾生。神壇之上，月老九爺淡淡然吟起詩來。

這人生，沒有偶然相逢。今生，應善了每一種緣分。姻緣相會求月老，但——最近來求的很不爽。

眼看又一男子被氣走，九爺不禁嘆氣。「唷，最近人們火氣很大。也是，春天嘛，氣候變化大，世局亂股票跌，生活不易萬物漲，難怪人們很暴躁。」

「是這樣嗎？」下方傳來冷哼。「不是因為他們一直擲出陰筊嗎？」

實習生月小柴蹲在地，雙手盤腦後，仰望師父。閒閒沒任務啊！不懂師父怎地忽然刁難起信眾，都不給聖筊。

「他們求的姻緣都太棘手，不接。」

「您不是越困難越來勁？」

「但這是你登神前最後一個任務，我得幫你挑個簡單的，知道我對你多好了吧？」

小柴猛地坐起來，警戒了。「是不是又想弄我？我都快有陰影了。」

「嘖，會不會說話？」九爺蹲下，看著他，專注眼神看得他好毛。「乖徒兒，經過上次任務磨練，我已肯定你能力，評分表都交上去了。現在，為師想送你『登神禮』，幫你找個最簡單最不易出錯的。這最後一個任務可不能功虧一簣，對吧？你說，是不是該慎重挑選？」

「是該謹慎。」

「所以啊，太複雜的咱們不接，咱們等個簡單的，我努力在夏至之前讓你登神！」

「師父對我這麼上心，我日後絕不忘師父，一定常回來看你。」小柴情深深，師父心裡寒。

「那倒不用。」你常來我很怕啊。九爺笑。「我跟太白君約好了，要跟他雲遊去，秋天才回。這可是我五百年來首次休假！」

連代班月老都找好，就等這廝受訓結束，放鬆度假去。

—♡—

阿山同學快哭了。

教室裡，他雙手握拳臉發青，肚子絞痛腸打結，背駝縮肩站著，驚恐看向一旁坐著的柯金玉。

她窄臉細眼，眉清目秀，制服乾淨，家境富裕卻吝嗇，同學叫她「咕咕金」，因為鐵公雞是公的，柯金玉是母的。她爸爸是家長會長，常慷慨資助清寒生，但是身為他女兒，她小氣。

阿山偷吃她放在抽屜的巧克力，她叫導師去報警。衝突爆發，同學興奮地等著看戲。

「老師理解妳憤怒。」習佛茹素的江老師輕聲細語開導她。「但是就一顆巧克力，警察是不會管的。妳原諒他好不好？妳看，阿山臉都嚇白了，老師讓他給妳道歉……？」

「不告而取就是盜！」她堅決道：「警察會管的。老師，竊盜是公訴罪，不是告訴乃論罪。就算我不提告，檢察官還是可以主動偵辦。」

靠么，上崗到檢察官？妳家裡開法院？同學紛紛白眼，阿山終於爆哭。

「我錯了好不好，別報警……我爸知道會打死我啦！」阿山崩潰，老師忙哄，雞飛狗跳，金玉不管。

在老師勸說，答應將阿山調離她旁邊的座位以後，金玉終於讓步，但要阿山賠償。

「你知道這是什麼巧克力？英國皇室御用的Charbonnel et Walker巧克力，九顆裝，一盒八百五十元，所以一顆九十四元，拿來。」她伸出手。「給我一百，六元算精神賠償。」

「才一顆巧克力，妳搶劫喔？」

阿山驚呼，金玉又喊報警，老師又忙安撫。

唉，有此學生，斤斤計較又難搞，老師操碎心。她背景硬脾氣差但聰明，老師不敢得罪，同學討厭親近，視她如怪物。

沒想到……一物降一物，很快，換她被驚嚇。

放學後，柯金玉到飲料店排隊點飲料。

前面排著穿高中運動服的胖胖男生，從後面看有一對大大招風耳，圓滾滾身形讓她想到豬八戒。

他點完珍珠奶茶還跟店員備註：「我要 Double 糖。」

「全糖嗎？」店員不懂。

「全糖加全糖的 Double 糖。」

齁，人肥有理，金玉白眼。Double 糖？你不怕糖尿病？光想就膩。

店員一臉為難。「我們沒這種的喔，最多就是全糖，全糖已經很甜了。全糖好嗎？」

對方沉思，彷彿這是值得掙扎的難題。金玉大嘖一聲以示不耐。

女店員苦笑。「同學，我先服務後面的好嗎？你先到一邊考慮？」

「喔……好吧。」

滾啦肥宅！金玉上前果斷喊：「去冰無糖茉莉綠茶！」

「好哦，三十五。」

「等一下。」男生又來，跟店員說：「她點無糖的。」

「對。你也要無糖嗎？」

「把她那一份糖給我，不就是 Double 糖？」

蛤?!店員跟金玉一起瞪向他。

綠葉飄飄陽光閃，他站在光影中，不知她們驚訝什麼。

他們也不是驚訝，他們只是震驚有人這麼厚臉皮。

以為店員沒聽懂，他認真解釋。「把她不要的糖全加到我的珍珠奶茶，這樣就是我的 Double 糖了。」

「我的糖為什麼要給你加？我跟你很熟嗎？」

「妳不是不要糖？」胖胖男生轉身看她。

這，就是命定的瞬間嗎？

當那對眼瞳看向她時，金玉駭住了，心臟像被掐住，竟然語塞。

見她不說話，當她答應，他回過身跟店員說：「珍奶多少錢？六十嗎？」

「是七十喔。」

「這麼貴？」他嚇退一步。

金玉嚇退兩步，看他從褲子口袋掏出皺巴巴的塑膠袋打開，挖出一堆零錢數，也不管後面點餐的人越來越多。他慢條斯理、不疾不徐地俯瞰雙掌間的銅板，如在俯視自己的小宇宙。當旁人都死了？

終於數完整袋一元跟五元零錢，他嘆息。「還差五元。」

嘖嘖嘖嘖嘖……大量的不耐嘖嘖聲從後邊劈來。他轉身看金玉。金玉慌亂。「我沒嘖你！」是別人。

「不是，同學，看妳的制服，妳也讀聖理高中喔？我剛要轉學到那裡。五塊可以幫我出嗎？」

「欸？」

「謝嘍。」

謝屁！我有答應嗎？她腦子亂，還沒抗議，店員喊：「珍奶 Double 糖好嘍，妳的無糖茉莉綠也好嘍。」店員放置飲料清點銅板，金玉恍惚地掏出錢包。胖胖男生收下珍奶咬掉吸管套，啵，捅破塑膜猛吸一大口。

「讚。」他趿著藍白拖，邊搔頭邊吸飲料，慢吞吞地走掉。

金玉大驚，不敢相信。

「乞……乞丐？」

這一連串無恥操作震碎她的理智，反應不及像被雷打劈。

待回過神，她越想越氣。剛剛怎麼沒反抗？一定是他無恥得太理直氣壯嚇壞她。

可惡，利用同校關係要我出錢，什麼爛東西？就不要讓我堵到！

Double 糖？你是 Double Double 無恥！

月老箴言

026

平

有情來下種，因地果還生。
無情亦無種，無性亦無生。
這人生，沒有偶然相逢。
今生，應善了每一種緣分。

02

無恥之徒就在眼前！

柯金玉呆怔，瞪著熟悉的一對招風耳和胖身體，在清晨的學校走廊滑行。

他赤足踏滑板，可憐小滑板承受重擔，一路吃力吱聲歪扭蛇行，險象環生，同學惶恐閃避，驚呼連連。

這是誰？

他光腳溜滑板，手拎紅白條紋廉價塑膠袋，球鞋課本放裡面。

金玉倒抽口氣。她不信！這怪胎哪來的勇氣？這樣登場是臉皮要多厚？且看他一路滑向她教室，不會吧？不是跟她同班吧？

忽然，他大喊哎呦喂啊——

金玉震驚，同學驚呼，他慘摔在地。

世界安靜一秒，然後，哈哈哈哈笑聲炸開。

他趴在地上，動也不動。

死了嗎？金玉跑過去，害怕地以手指戳他的腰內肉。

「喂？喂?!」

他小小聲不知說啥，金玉附耳聽。

「扶……扶我起來……。」

我扶得起來嗎？我四十公斤欸，你是我的兩倍吧？

但她扶起來了，像舉重選手那樣把他撐起來了。雙腳顫抖強撐起他的同時，金玉氣炸，滿面通紅，視線模糊。

我的身體不是我的身體，它彷彿有自己的主張，背叛我大腦，這就是所謂的「身不由己」嗎？

我……到底在幹嘛？

她……到底在幹嘛？同學比她更困惑。

柯金玉怎回事？幾時長出「同學愛」？

他們彼此認識嗎？他是誰？

—♡—

江導師帶著轉學生站在講台前，在跟大家介紹新同學前，先訓了他一頓。

「記住了，學校禁止溜滑板！」又看向他的光腳丫。「為什麼沒穿鞋？」

「鞋子太小，我比較喜歡光著腳。」

「這不是理由，這裡是學校，光腳沒禮貌。」

「哦。」他打開塑膠袋，拿出一雙破舊布鞋，光腳努力地套進去了，老師還不滿意。

「你怎麼可以把課本跟鞋子放一起？懂不懂尊重知識？襪子咧？要先穿襪子啊！」

「襪子還沒乾。」

「所以呢？衣服沒乾，你是不是就要在學校裸奔了？」

哇哈哈哈哈！同學爆笑嚷：「好喔，裸奔啦！」

「看看豬怎麼邊跑邊抖肥肉。」

「劉大偉你好低級！」

金玉掩額沉默，替他感到羞恥。

然而面對揶揄跟嘲笑，新同學竟也呵呵一起笑。

這傢伙，恥度破錶！

胡英才

導師在黑板寫下他的名字。

「天妒英才胡英才？不像。」劉大偉說。

看他的胖臉和大招風耳，寬額大鼻厚嘴唇，頂著亂髮，瞇瞇眼像沒醒，到底哪裡英才了？

同學們又笑了。這個早上因為英才好歡樂啊。老師忍笑，故作嚴肅罵：「劉大偉！不要亂用成語，你國文那麼爛。」

大偉不服。「天妒英才我知道，就是太優秀了會招天嫉妒。但是，看看英才兄！」

前校的藍白運動服太小，套在他身上像綁肉粽，不英俊看起來也非良材。

「他這個叫名不符實。」劉大偉攤手道：「我國文很好吧？」

「就你話多，你安靜。」老師罵。

不忍卒睹，金玉不忍心看。雖有奪糖借錢之仇，但一轉來班上就遭恥笑也是可憐。算了，前仇一筆勾銷吧！

老師介紹新同學背景。「英才以前跟阿嬤住，最近才搬來台北，大家要好好相處喔。」老師問英才：「想坐哪？空著的位置都可以坐。」

立刻一陣騷動，鄰座空著的立刻被擺上書本雜物或外套，這不叫排擠什麼叫排擠？

「老師，他那麼大隻要自己坐啦！」劉大偉說，同學笑。

這回老師真怒了。

「你罰站，嘴巴太壞了你，站好！胡英才，你別理他，去挑你的座位。」

低頭掩額的柯金玉有不祥預感——她感覺到了。不、不要……

腳步聲在靠近，熱氣也逼近，在她旁邊，他、坐、下、來、了！

「老師，我坐這裡。」英才跟老師說，然後對金玉笑。「謝啦！昨天還有剛剛扶我。」

我是不是讓你誤會什麼了？你確定要跟我坐？金玉不理，無奈嘆息。

老師拍手催促。「好，打開課本，上次講到哪裡？」

忽然，金玉驚呼。

又怎了？老師轉身，看英才將金玉的課本挪到中間預備一起看，然後他的胖手指又捅入金玉的皮革鉛筆袋，撈啊掏，挑出藍筆，對驚駭的她說：「我沒帶筆，借我。」

不妙！老師緊張。

金玉猛地站起，瞪他。

怕她抓狂，沒等她罵，老師先飆。「胡英才，借東西要徵求對方同意，怎麼可以自己拿？」

「齁，你慘了。」前車之鑑阿山同學唉唉叫，指著英才深表同情。

昨天一顆巧克力，差點被金玉法辦。現在，她豈會輕饒？阿山竊喜又亢奮。我乃公認高二小校草都被金玉罵到哭，何況是這位胖嘟嘟，膽敢碰了文具控柯金玉珍視的筆袋，且看「咕咕金」如何修理他！

現行犯胡英才握著筆，聽進老師的話，問她：「筆借我？」隨興得像是跟她借蔥蒜。

但這是蔥蒜嗎？這是一支十元的便宜筆嗎？

文具控柯金玉好氣。「你知道這什麼筆嗎？這是德國 Lamy Studio 皇家原子筆，一支要兩千多！」

「哇。」果然嚇到他。「這麼貴？很好寫嗎？」立刻試寫作業簿，但按不出筆芯。

「用轉的。」她咬牙。

「哦。」轉出筆芯一寫。「好厲害，我的字都變漂亮了，果然德國的就是不一樣，借我可嗎？拜託？」

像得到新玩具的熱烈眼神，像能吞滅一切的黑色瞳眸，像定住萬物——至少能定住她——他是大魔頭吧？

金玉左手緊扣著桌沿，右手抓著椅背。

「送你。」她說。

像是從靈魂深處說出的回應，招來全班的同學驚詫與不解。

柯金玉，妳變了！

同學騷動，老師驚愕，只有英才真心歡喜。

「謝啦！」

「為什麼？為什麼?!」阿山抱頭發出不平之鳴。「我一顆巧克力妳報警抓我，他為什麼沒事？還送他？為什麼?!」

因為他帥？因為體格好？因為品味高？

NoNoNo，全No！

也難怪阿山崩潰，差別待遇也要有底限。

莫說阿山崩潰，金玉怔怔坐下，也崩潰了。

這已經不只是「身不由己」了，這甚至極可能牽扯到地球引力艱澀數理量子質子什麼莫名其妙的東西。

或者是……我病了？

看看他，粗胖手指握著她心愛的筆，立刻認真學習勤寫筆記，一枝好筆果能改變命運……並、沒、有！

他用她珍貴的筆在亂畫，畫了陰森醜巫婆。

我懂了，我不是病了，我是中邪。他會黑巫術，他對我施法，他——

「美吧？」推來筆記指著巫婆，他問她。

「嗄？」

「我把妳畫得很美吧？」

—♡—

再好的筆也救不了廢材，只是被糟蹋。

早自習，同學做考卷，英才睡到流口水還打呼，呼聲如浪濤拍岸激起眾人怒。阿山拿橡皮筋射他，脂肪厚，英才沒醒，只抓了抓臉皮當蚊咬。

再來！橡皮筋拉到極限，發射！

「哦！」金玉掩面痛呼，爆氣握拳。阿山跪下求原諒。

都怪英才突然換一邊睡，金玉白挨橡皮筋彈。

粉嫩臉烙下紅痕，她怒指阿山。「汪東山你傷害罪，你死定了！」

英才驚醒，埋怨她。「妳好吵，我都被妳嚇醒了。」

「你睡，睡死剛好！」她氣氣氣。

胡英才除了睡覺就是發呆，不把課業當回事，經常望著窗外遊太虛，不知在想什麼。

是不是吃太飽血糖高？金玉懷疑他這麼荒唐是生病，也許他腦子有病？

高瘦嚴厲的歷史老師按分數高低發考卷，當發到某人的考卷時，他震驚且暴怒。

「胡英才你零分？閉眼睛猜都不只這分數，你還想不想畢業？你要一世人『撿角』嗎？你還有羞恥心嗎？」

顯然沒有，看著窗外浮雲，他肉身在但心不在。

「胡、英、才！」老師拍桌。

英才一震，撫胸口。「老師嚇到我了。」

「我才被你嚇到！你看哪，課本咧？你連課本都沒打開？第一題就在課文裡，起來唸給大家聽！」

老師怒吼，英才速翻課本找答案，金玉好意提醒。「十三，十三頁。第一次世界大戰——」

瞭，十三頁，咻咻咻咻地翻。

老師又吼。「站起來唸！」

英才課本拿了站起，書頁間落物紛紛。

「你課本裡藏什麼？」老師爆炸了。「你把課本當成什麼了？垃圾袋嗎？亂七八糟。」

同學笑。

金玉沒笑。

紛紛墜在桌面跟她課本上的，是形狀各異的樹葉、顏色各異的花瓣，還有薄膜般透明的蟬翼跟青綠苔蘚。

這些自然標本紛紛落下時，有一瞬間，金玉覺得好美。單調的褐色桌面突然變成沃土，懷抱自然標本，她彷彿聞到土壤草木的氣味，來自胡英才龐大肥滿的身軀。

他收藏這些幹嘛？

當一個人活得太極致，人們的目光就很難不注意他。

她好奇，無心學習考試掛零的胡英才，腦子裝什麼？他發呆是在想什麼？他不學習，不怕學測爛嗎？這樣虛度光陰，前途怎麼辦呢？

就連最溫柔的國文老師也破防，被英才氣炸。

「胡英才，你是在挑釁我嗎？我脾氣好你就看不起我？」作業常忘記帶就算了，現在直接空白卷交上來？

「老師，這題作文我不會寫。」

「〈最讓我心動的台北風景〉，看到台北有什麼喜歡的就寫啊！柯金玉，妳國文小老師，盯著他今天一定要交來。」

倒楣欸。金玉嘆氣。

下課時，她指導英才。「你就寫台北有什麼讓你心動的啊？」

「沒有。」

「怎麼可能？」

「真沒有。」

「珍珠奶茶 Double 糖？」

「哦，有，這個有心動。」

「那就寫下來啊！」

「不行。」

「為什麼？」

「因為心痛，太貴了。」

「交作業不用這麼計較好嗎？就寫心動的部分，心痛不用管，隨便掰。」

「可是……我討厭台北。」

「台北也不喜歡你好嗎？你那麼慫。」劉大偉剛好經過他們旁邊插話道，同學笑爛。

「笑屁？閉嘴啦！」金玉罵。同學驚，這麼高調護他喔？上次送筆，這回替他出頭，咕咕金反常喔？

金玉罵完也有點尬，唉，衝動了。

中午吃飯時，她提醒英才。「你不要想到什麼就說，你這樣會被羞辱。」

「羞辱？有嗎？我不覺得啊？」

你果然皮厚，算我雞婆。「快，作文快點交，不要害我。」

「唉。」英才抓頭髮。「如果寫討厭台北，我就可以很快寫完。」

「你到底對台北有什麼意見？」

超有意見，他說他走在人行道常被後面的人撞或噴。

理解。誰叫他慢吞吞？

他又說台北人走路快車又多，馬路好寬，他過馬路常走到一半燈號就換，汽機車狂叭他。燈號複雜就算了，有的紅綠燈不是三個燈是四個；十字路口斑馬線畫得很怪，有的路口，行人還交叉斜著走！

「那是要讓全部車子都停給行人走，省掉兩階段過馬路，是很聰明的設計好嗎？」

是喔，英才又抱怨，公車爆炸擠，上禮拜他感冒發燒坐公車去診所，因為頭暈坐在博愛座，被白髮阿嬤吼。

「死囝仔！看到老人不讓座，有怪架呢肥、企死啦！起來，你起來！」

「這麼凶？你怎麼辦？」

「我趕快起來，她很快坐下，我很難受，就吐了，吐在她身上，我感到很抱歉。」他嘆氣，她笑爛。

「阿嬤氣到叫司機開去警局，還好司機沒照做。」他很委屈。

「幸好司機很明理。」

「不是，是我暈倒了。阿嬤衝著我吼叫，又有嚴重口臭，我只好一直閉氣所以——」

金玉又笑爛。他怎能講得這樣無辜？她笑到流淚。

「你爸媽怎都不帶你熟悉環境？」

沒辦法，英才說他爸媽為了房貸，從早工作到晚很少在家，雖然有給零用錢，但台北東西好貴分量又少，他食量大，老是吃不飽。台北路多又複雜，出去又容易迷路。

「搬來兩個月，我都瘦了。」

看不出來你瘦在哪？衣服還是一樣繃。

「你不會用手機查啊？有什麼不清楚的就查啊？」

「我的手機流量額度一下就用完了，現在只能打電話。」他拿出手機，型號老舊，還沒網路。

「我暈欸。」金玉打開網路，拿他手機輸入密碼。「好了，我分享網路給你，以後只要我在你就能——」

等一下？我幹嘛？我怎麼又……？我幾時這樣大氣了？

「靠北，胡英才你乞丐嗎？」劉大偉又在大驚小怪了。「網路也用她的？你這樣黏著她，是不是喜歡她？我告訴你，她愛的是防彈的金泰亨，你又窮又肥她不會看上你啦，你別做夢了——」

「她這麼瘦也不是我的菜。」英才隨口道。

「齁？齁?!她不是你的菜？」劉大偉興奮嚷嚷，興風作浪他專長。全班聽見瞎起鬨了，這種曖昧話題最好虧了。

「所以你是喜歡豐滿的？」阿山在胸前比。「嫌她胸部太小喔？」

同學們一陣怪叫。「班長啦，班長的就很大。」

「你們很討厭捏。」班長呂美良朝阿山扔擦布。

大家七嘴八舌揶揄起來。

「可憐喔咕咕金。」

「分享一堆還被嫌。」

「反正她家有錢，以後要多大都嘛可以弄。胡英才標準定出來，CDEFG是要多大？」

女生們唉呦亂叫。「你們男生好低級，不要講了，等一下她跟老師告狀。」女生罵，但是都在笑金玉。

金玉臉漲紅，手機拿了朝英才吼：「笨蛋！」她氣哭，跑出教室。英才追出去。

劉大偉拍拍手，怪腔怪調地亂虧他們。「看喔，你追我跑，小倆口吵架。嗯哼，笨蛋，我不是你的菜，人家生氣氣！你為什麼喜歡大木瓜，你為什麼歧視小籠包？」

低級、下流，同學朝他扔紙團。劉大偉非常享受這種惡趣味，啊，被關注的感覺真好。

—♡—

柯金玉坐在樓梯間哭，英才追來在她旁邊坐下。

「妳為什麼哭？」

「你幹嘛說我不是你的菜？」

「不然妳是喜歡我喔？」

「才沒有，少臭美！」

「對啊，那妳哭什麼？」

「你害我被笑。」

「我才想笑他們，亂喊什麼咕咕咕的，不用理他們。妳這是怎麼弄的？」英才指了指她的手機殼貼紙。那是她跟金泰亨海報的合照。

「這個喔，就把照片上傳給商店印出來，然後去小七領件就好啦。」這都不懂喔？

英才忽然激動地抓住她的雙臂。「只要手機照片都能弄嗎？拜託教我！我求妳！」

我的傷心淚都還沒乾，你有沒有良心？但拗不過他懇求，金玉還是耐心教他怎麼用。沒想到這就讓英才興奮得快哭了。

「竟然可以這樣，太厲害了，這太方便了啊！我知道了。」忽有領悟，英才再次抓住她的雙臂激動地喊：「妳，就是『最讓我心動的台北風景』，我可以寫妳嗎？」

千萬不要，因為你是最讓我心痛的風景。痛到流淚又被感動，我好分裂。然而令英才心動的風景尚未結束，金玉就是座寶藏山。

「我看放學妳爸都開車來接，那輛車是妳家的？」

「什麼，那是司機。還有，Volvo當然我家的。我家還有法拉利跟賓士，Volvo安全，是我媽為我上下學準備，我的司機還會武術。」

「所以妳去哪，司機都要聽妳的？」

「當然。」

「妳爸媽沒意見？」

「幹嘛有意見？我成績那麼好，都考第一。」

「拜託妳！」

又、又抓她手臂了，金玉驚恐。

他懇求。「陪我去個地方。」

「去哪？」

「很浪漫的地方，不去妳會後悔的。」

我不是你的菜，你還約我去找浪漫？金玉冷哼，男生啊，就愛口是心非，做夢吧你！

「我不去。」

全面抵制胡英才。網路淪陷，車再破防就糟了。

月老箴言

027

平

當一個人太極致，
目光就很難不注意他；
那像是最讓人心動的風景，
也是最讓人心痛的風景。

03

車子平穩地駛向目的地。

好奇心會殺死貓，也會殺死少女的理智。

車抵現場，金玉錯愕。浪漫在哪？在哪裡?!

Volvo 停在小巨蛋的側面馬路，今晚沒演唱會，英才也不追星。他追別的。他一跳下車就往側面花台奔去，那裡放了袋便當。

抱住便當，他喜孜孜地在花台坐下。便當到手，安心了。

金玉走來。「幹嘛叫這麼多便當？」目測起碼有十個。

英才立刻拆一個吃，又拿另一個遞給她。「給。坐下，一起吃。」便當塞入她懷裡。

冷的？金玉納悶。「我不要，在路邊吃很難看。哪家的便當買這麼多？錢付了嗎？為什麼放這裡？」

英才給她展示手機臉書。「我強吧？」

什麼？丟還便當，金玉爆炸。「你乞丐嗎？你還乞食？你是多餓！」

莫怪金玉氣，英才太漏氣。

他加入粉絲團「剩食終結者—吃不完找我」，裡面團員分享各種剩食，拜託幫吃。有宮廟拜剩的，有聚餐吃不完打包的，剩食放在各處公開場所，每則貼文最末標註「食安自負」。種類五花八門，地點四面八方，排隊終結剩食的英雄好漢來自五湖四海，全是腸胃功能極佳者。

太棒了，胡英才旺盛的食慾跟乾扁的荷包有救了。像流浪狗找到愛媽，金玉的車如虎添翼，他這會兒吃得超樂。

看他吃得凶猛，金玉心生憐憫。「你媽知道你這樣嗎？吃人家不要的，萬一有毒咧？」

「誰會無聊到毒我？」

「就算沒毒，衛生嗎？製造日期呢？有標嗎？」英才聞言愣住。金玉嘆氣。「知道欠考慮了齁？」

「妳信那個喔？」他哈哈笑。「那個都嘛參考用的。」又拆一個便當，有雞腿？讚。他嗅聞，香，樂呵呵地扒飯。「告訴妳，我以前住山上，那裡的食品加工廠都嘛找我跟阿嬤去打工。我看他們標籤都改來改去，高興打哪天就哪天；產地也是，隨便亂生。」

「洗產地嗎？這違法是黑心工廠，要檢舉！」

「倒閉了，老闆洗機器時被電死了，我阿嬤說是報應。所以妳幹嘛看製造日期？要靠自己鼻子聞，相信日期不如信自己。」他嗅聞雞腿。「沒壞，妳放心吃，不信妳聞。」

「我不要。來路不明，我不吃。」

「飽了。」胡英才跳下花台，拎起便當。金玉制止他。

「剩下的別拿了，就算不用錢，這麼多拿了也吃不完啊？」

「我要帶回去給我爸媽，這禮拜餐費都省了。」

懂，臉皮厚來自家族遺傳啊？金玉無言。

以為這裡就結束了？那是小看英才的潛力。一回車上，他拿出清單，拜託司機叔叔送他到五股工業區。

金玉好奇。「你住工業區喔？」

「不是，我還有別的要拿。」

「這麼多便當了你還不滿意，車子裡都是便當味了！」金玉好氣。「要拿什麼剩食？」

拿帆布，很多的塑膠帆布堆在廠房前空地，上面印著競選標語、政客的臉，還有一些印壞的，全都是報廢品。

英才全想拿走，一直往車上搬，塞爆後車廂還不夠，撸進後座來了，把車主金玉撸到邊邊去了。

金玉氣到發抖，司機冷汗直流，沒見過這麼誇張的同學。

吾家豪車豈容你如此糟蹋？

終於搬完了，英才喘吁吁地坐進來，緊挨著金玉。她咬牙。

「剩食終結者連帆布都吃嗎？」

「這是另一個粉絲團喔。」英才神祕兮兮說：「給妳看，別告訴別人，我只跟妳分享。」他拿出手機，點開臉書粉絲團「我們一直在丟東西，各行各業的土地友善之路」。

「這又是什麼？」給你網路，你就給我天涯海角團不休？

「就一些公司工廠的報廢品免費分享讓人撿啊。」說著，又打開另一個粉絲團「拾荒」。「這個也讓人撿的，等一下我們去這裡。我剛好需要這個摺疊桌，中山北路有人剛丟出來。」

「你到底把我家的車當什麼，這是 Volvo 不是回收車！又是剩食又是拾荒，這是豪車，豪車 ok？你知道一輛多少錢嗎？」

「妳幫我，我不會虧待妳，我撿到好吃還是好用的第一個和妳分。」

「我幹嘛要，我又不是乞丐！」

「那這個，我珍藏很久忍痛割愛，手手來。」

手什麼手？還手手咧？我跟你很好嗎？絕交啦！

他掏著運動外套口袋，抓著她的手，塞入她掌心。是個柔軟輕盈的東西。攤開掌心，是一根黑褐相間的鳥羽。

「羽毛有什麼好稀罕？」

「這不是普通羽毛，是老鷹羽毛，送妳。」

「要這幹嘛？不能吃也不能賣錢。」

「鷹羽很珍貴，可以驅邪跟淨化。在南美洲部落，它還代表神聖力量。」

「誰說的？」

「胖姐啊，我以前的鄰居。她什麼都知道，還看得懂原文書，她超酷。」

有多酷？能像我這樣出借豪車給你撿剩食嗎？金玉不爽。「我不要羽毛，它對我沒用。」

「那這樣呢？」英才拿羽毛搔她的脖子。好癢，她笑了。「妳看，還可以搔癢。」

「別弄我！」金玉搶下羽毛，別過臉去，臉紅了，火氣也沒了，但又不願拉下臉，只好不耐地道：「還要去哪快講，我要回家了。」

最後，撿來的雜物塞爆車子，連司機腿上都被迫放了一袋米。

金玉感慨。「你如果在古代，一定是不得了的人物。」

「什麼人物？」

「丐幫幫主？」

英才比個架式。「打狗棒拿來！」

「白痴。」金玉嘴角失守，氣不下去。

—♡—

晚上，柯金玉問媽媽：「妳聽過『剩食終結者』嗎？」

「腎石？治腎結石嗎？誰病了？」

「不是啦，是把吃剩的東西放在某個地方，臉書公告讓想吃的人去撿。」

「太噁心了吧！撿人家吃剩的？多髒，想吃什麼自己賺錢買啊！為了省錢自尊心都不要了？」

自尊？金玉困惑了。可妳不是也為了奶奶送的房產，低聲下氣忍耐爸爸各種差勁行為嗎？

睡前，她抱著金泰亨抱枕，照例跟帥氣歐巴晚安，但忽然閃神，胡英才竄入腦海。

什麼東西？嚇到金玉了。

可是躺平睡一會兒，她又拿出鷹羽在半空搧啊搧，模擬老鷹飛行。

胡英才到處撿東西，在路邊扒飯吃，他都不怕丟臉。他活得很自然，不管旁人的揶揄恥笑。乍見覺得他肥醜土，相處後，竟然覺得有點酷？

一次次地同意幫他，金玉不解，感到某種莫名的「身不由己」，可現在甚至覺得上癮。和他相處時，像打開了另一片天空，有她從未見過的景色，教她震撼連連。

然而，這世界或許是幻境？還是有某種神奇的力量在編排她跟他，因為，這天發生教全班同學都震撼的事，關於他們倆。

事情發生在國文老師帶大家到圖書館借書時，胡英才交學生證給班長，劉大偉搶走證件鬼叫：「靠，這你？假照片吧？」

「我看！」

「我也要。」同學搶看。

胡英才用舊照檔案辦證件，五官相同，但沒胖嘟嘟的臉，輪廓立體，眉清目秀，是個小帥哥。

「我現在胖了點。」英才憨笑解釋

「只有一點嗎？」同學爆笑。

金玉忍不住也靠近看，這一看，她驚駭得僵住了。嚇到她的不是他的長相，而是——

班長呂美良也發現了。「九十六年三月十一日？胡英才，你跟柯金玉同一天生日？」

場面徹底失控。

「天啊，這是不是什麼雙生火焰？」

「爆扯，搞不好前世夫妻今生有約。要不要你們手牽手去問月老？」

「如果是怎麼辦？結婚嗎？胡英才你要娶柯金玉嗎？」

「別亂說，我有喜歡的人了。」英才速速否認。

喔！喔！這下鬼叫得更厲害，同學逼問：「誰？哪一個？你不是跟金玉最好嗎？你們不都黏在一起嗎？」

「柯金玉，妳失戀了。」劉大偉說。

「我又不喜歡他。」金玉怒嗆。

可惡，又被英才陰了，這不絕交不行了。

—♡—

柯金玉不理胡英才了。他講話，她都裝沒聽見。

正午日光暖，老師抄板書。

英才在作業本寫一行字，堵到金玉面前。

生氣了？

金玉回一行字。

你幹嘛回他們話？害我丟臉。虧我當你是朋友，我要跟你絕交。

英才寫：

我不想被誤會才說實話

金玉拿出2B鉛筆畫線，將桌子一分為二。又用力寫一行字。

禁止越界

看著那條無情的黑線，他沉默一會兒，回寫道：

朋友間，不能說真話嗎？

金玉僵住，轉頭看他，他也正望著她。

她，被那行話打中。

高一時，她對班長呂美良說過同一句話。

那時，她們感情超好，上廁所都是手牽手一起去。

美良有怪癖，明明有錢，可是每次出去吃飯，她怕胖都不點餐，就愛分她的食物吃。

「我吃幾口就好了。」鬆餅她咬幾口，冰淇淋舔幾口，飲料吸幾口……幾口下來，金玉倒盡胃口。不是捨不得，是覺得不衛生，而且有時饞，就想完整吃一份，給她分幾口吃完還是餓。

有次相約在咖啡廳寫功課，金玉點餐時，問美良要吃什麼？她說不餓。結果漢堡一來，她湊近聞。「好像很好吃欸，我吃幾口。」

那天金玉特別餓，忍不住失控嗆：「妳就不能自己點一份，幹嘛老吃我的？口水混來混去很噁欸！」

她是嫌我口水髒嗎？美良氣哭，面子掛不住。「一起吃會怎樣？妳很愛計較耶！」

友誼因此破裂。

美良委屈，跟同學訴苦。也不知道她是怎麼說的，搞到後來大家覺得美良被欺負，都想幫美良出氣。女生選邊站，男生心疼美良也唾棄她，於是金玉被孤立了。

她不懂，她只是有所堅持，為什麼就被絕交了？

朋友間，不能說真話嗎？

當時她委屈，發訊息問美良，美良已讀不回。

從此金玉在同學臉書、IG，都能看到各種暗諷她的字句。她們還給她取了「咕咕金」綽號，笑她是鐵公雞。

她們排擠她，卻又愛關注她的言行，然後在網路諷刺她。如果金玉留言解釋，又會被罵對號入座。這樣搞過幾回，金玉心累，放棄友誼，變得憤世嫉俗，越被排擠越不服。

她不跟老師投訴，也不讓爸媽知道，一旦大人出面，私下她只會被嘲諷得更厲害。從此她正面迎戰，與同學為敵，故意表現得更機車，好掩飾自己受傷的心。

罵她小氣，她就更吝嗇。她才不要為了證明自己不是那樣，就涎著臉討好他們。

這是柯金玉的倔強，也是她維護自尊的方式。

得到的好處就是她變得更堅強，成績也更好，次次贏過班長呂美良。他們越笑她，她就越要厲害給他們看。

這破裂的友誼，她已不希罕。

但偶爾也自我懷疑，是不是自己真像她們說的吝嗇自私？

才不是。

胡英才的出現就是最好的證明。

筆送他，車借他，課本共享，網路分享，胡英才讓她看見大方慷慨的自己，撕下別人給她貼上的標籤。

我才不吝嗇，我也會分享，前提是必須「心甘情願」，而不是怕被人說或為討好誰而勉強去做。

朋友間，可以說真話，可以允許彼此不同。我，竟忘了這麼重要的東西？我應該讓英才自由地表達自己。

拿出擦布，柯金玉擦去那條線。

不絕交了。

曾領教過別人給的傷，就不要犯同樣的錯誤。己所不欲勿施於人，原來是這樣。管誰起鬨訕笑，她不要活在別人嘴裡。

她在英才的那一行字下面，補上一句英文：Sorry。然後，她朝他挑眉，笑一個。

他也笑，在 Sorry 下又寫一行字。

放學去喝珍珠奶？Double 糖？

「胡英才柯金玉！你們兩個卿卿我我的，到底有沒有在上課？」老師罵，同學們又發神經鬼叫起鬨了。

「齁，班對。」

「老師他們談戀愛啦。」

「不是，是單戀，男的喜歡別人。」

無所謂。金玉跟英才不理會。

每個人都是別人的鏡子，互動中反映出自己不同的樣子。哪個才是真的自己？千變萬化種種不同，有時連自己都困惑。被霸凌批評得多，就懷疑自己很糟。不幸的，被眾人唾罵口水淹沒，自毀墜落；幸運的，遇見貴人，撕下被貼標籤，發現自己其實很好。

我，是我自己。

金玉豁然開朗，身心清爽。

朋友間，若能說真話，包容彼此的不同，友誼就飛漲，更密更牢固。

今天——他們成為，真正的朋友。

—♡—

星期天，金玉跟媽媽還有溫哥華回來的阿姨去拜拜，陪阿姨安太歲。白煙裊裊，廟殿內瀰漫檀香味。阿姨邊拜邊跟妹妹抱怨生意難做，美國稅務複雜，國際局勢變化太快……巴拉巴拉，金玉覺得大阿姨講話像機關槍，很吵。她溜走，到處晃。

那一尊尊神像，表情都好嚴肅。忽爾一尊慈祥白眉神明，教她停步。祂的桌案又是花又是糖又是大量喜氣的紅繩。

是月老?!

金玉想起同學的話。

「你們同一天生日？」

「搞不好前世夫妻今生有約，要不要問月老？」

真的有月老嗎？抱著姑且一試的心情，金玉拿筊，學大人拜了拜、報上個資，默唸問題——請問月老，我跟胡英前世就認識嗎？

「啊哈！終於等到妳了！」壇上，九爺拍手叫好。

「師父在等她？為什麼？」小柴問。

九爺笑看壇下的少女。「我的意思是，終於等到超簡單的案子。」

金玉繞香三圈，預備擲筊了，九爺取來姻緣鏡，看一眼便手一揮，賜予聖筊。小柴震驚。

「這就確了？您有認真看嗎？」莫因個案年紀小，就隨便應付她喔？

「我百分之百確。」九爺說，彷彿全都了然於心。

一次聖筊不能說明什麼，只能說是運氣。如果真有月老……金玉謹慎，再拜。「給我三個聖筊，我信祢。」

再擲，又擲，全是聖筊。

這太玄了！月老真的在？她左右環顧，世上真有神？

擲筊不夠，她需要更明確的指引。金玉決定像大人那樣接著求籤詩。

「月老神明，請賜我籤詩，讓我知道跟胡英才是什麼緣分？」

金玉走向籤筒，隨機抽出木條。十一號？回神像前，她再擲筊，確定是籤詩十一。

「小柴，你的任務來了。」九爺交代。

「欸？」任務來得這麼突然？

「來，把這籤詩塞進十一格，放最上面。快！」

小柴速辦。

金玉走向老籤櫃，尋找相應的籤號，取出，展開。

寫什麼？小柴也好奇，湊近一看。

「前生結下報恩債，今世逢君願盡還。莫笑人間多苦樂，皆因緣起自輪迴。」

翻開籤詩背面，有白話譯文：

「你遇到的人，是因前生有恩義。今生來相逢，善了舊恩情。不必怨嘆苦，一切因緣自安排。」

難怪我莫名就想對他好，是因為他曾對我有恩？金玉恍惚。

「阿玉，我們要走嘍。」媽媽過來喊。

一行人離開後，九爺拽住小柴，把姻緣鏡塞入他懷裡。

「陪她還掉恩情，修復前世關係，這就是你最後任務。非常非常簡單，這是為師送你的『登神禮』。」

聽起來可不簡單！

九爺又說：「這次你要自己搞定。記住，爭取夏至前結案登神，太白君已在玉京山等我去會合。」

玉京山金光繞頂，仙鶴飛舞，遍地紫蓮，九爺已迫不及待仙遊去玩。「徒兒加油！靠你嘍！」走也——

走不了，袖子被扯住。

「等一下，師父，我還有問題。」小柴不只拽住師父衣袖，長腿一勾，還絆倒師父。

九爺好脾氣坐起來。沒關係，一切就快結束了，我忍。

「好徒兒，還有什麼事？」理了理被揪亂的袖口。

小柴捧起牠。

「這個。」一隻胖橘貓，張嘴露牙，朝九爺打個大哈欠。「為什麼這裡有貓？你看看，從剛剛牠就一直跟著我。」

師父起身，揉揉小柴的頭。「不是貓。」走也。

不是貓？小柴托高貓兒打量。「明明是貓啊……？」

啪！貓的前腳巴一下他的臉，瞬間小柴通靈，腦海畫面爆閃。

他被饕餮咬，虎爺變身救。他咬饕餮，黑血噴，嘴唇腫，難道——

「虎……祢是虎爺?!」小柴驚駭。

虎爺張嘴，利牙閃銀光，瞧瞧，多厲害的尖牙啊。

「瞭。祢這會兒想當貓了。」小柴點點頭。

虎爺舔了舔腳掌，突然縱身跳至小柴頭頂，威風凜凜地指向前方。

什麼意思？「出發嗎？」小柴笑了。

最後任務，師父不陪虎爺陪嗎？

好喔，任務詭譎多變，虎爺生信心。

「出發！」

月老箴言

028

吉

你遇到的人，是前生有恩義。
今生來相逢，善了舊恩情。
不必怨嘆苦，一切因緣自安排。

04

首先，來瞅瞅是什麼厲害前世，要報恩報到今生來？

找個僻靜角落，小柴備妥了飲料瓜子，架好姻緣鏡。

來吧！報上個資，彈動鏡面。

姻緣鏡啊姻緣鏡，鏡面煙霧瀰漫，裂痕斑斑鏡面裡，浮現柯金二人的前世，模糊影像漸分明。

這什麼？小柴震驚，差點打翻飲料。乞……乞丐？

—♡—

朱紅高牆氣勢恢弘，牆頭的泥造獸首滴著涓涓流水，屋簷翹角如展翅鳥翼，這氣派古宅，門前竟圍滿乞丐。

他們蓬首垢面衣破爛，邋遢汙穢髒兮兮。冬日暖陽公平地映著豪宅，也映著乞丐。他們守著門口，或躺或臥互抓虱子，等著討飯。

北方戰亂，這些乞丐全是流亡到此的難民，家破人亡，志氣磨盡，巨大苦難教他們已身心麻木，喪失自尊。他們到處乞食，成為南方城鎮的麻煩，被富人視為眼中釘，恨他們擾亂市容。

錦城富紳積極聯繫官府，盼發文驅離乞丐，認為他們是治安隱患。然而經營布匹生意的首富柳家，卻持不同意見。

柳夫人心善，習佛多年，每日正午命僕役開門施食，救濟難民，發放禦寒衣物。善行卻導致乞丐在柳宅周圍住下了。鄰居氣怨乞丐髒，影響居住品質還拉低房價，擾亂安寧。

他們跟柳爺抗議：「既然夫人心善，就把乞丐請到你們家住啊？不要讓他們在外面亂嘛！」

還有的乾脆貼出告示。「避免髒亂，禁止餵食流浪乞丐！」

難敵鄰里壓力，柳老爺也勸妻子收手。但愛妻一意孤行，就連柳家千金也不支持娘親。

十三歲的柳金兒，聰慧美麗但有潔癖，乞丐群聚，害她出入都要掩鼻。

「阿娘，他們臭死了，別再給他們吃的。」

「他們是因為戰亂沒了家，才變成這樣。已經夠可憐，我們怎麼還歧視他們？我們吃好住好，分一些給他們有什麼好計較？」

「那麼多乞丐，怎麼可能幫得完？他們是利用阿娘，看娘好欺負就貪婪地圍著咱家住下，也不看自己多髒臭，衣服都臭蟲啊！」

「金兒，命好不是妳歧視別人的理由，菩薩教我們要慈悲。」

「菩薩在哪？菩薩現身我信祂！」

「住口！」夫人震驚。「妳這樣吝嗇驕縱，教娘慚愧，我竟沒把妳教好，我罪過啊！」柳夫人跪下，唸唸有詞地跟菩薩懺悔。

迷信！金兒挨罵，更氣乞丐。

眼看跟阿娘抗議無效，她喊上傭人，叫傭人舀池塘泥水拎出去。

推開大門，門一開，乞丐們以為要施食一擁而上。

「潑。」金兒命令，傭人將一桶桶泥水全潑向他們。「臭乞丐，滾！」金兒罵。「不准靠近我家！我娘心善，你們還都巴上來了，討一次就算了，討上癮了是不是？不要臉！」

離門最近的少年，抓一團泥巴擲向她。

「啊？啊！我的臉啊！」柳金兒被汙泥沾臉，像被燙到，激動地叫起來。她有潔癖，瘋狂摳抓臉皮，覺得汙泥要滲進肉裡了。

哈哈哈，長一對招風耳的少年大笑。「這下妳也是乞丐，髒兮兮哦！」

「爹！爹啊！」金兒衝進屋裡告狀，摳破的臉皮嚇壞柳老爺了。他罵乞丐忘恩負義，叫幾個大漢把他們打跑，還守著屋宅，從此禁止妻子施食。

他怨妻子。「這就是好心沒好報，女兒都受傷了。做好事也要有分寸，別給女兒招來危險！」

柳老爺出資跟富紳和官府達成共識，驅逐乞丐。

柳夫人難敵夫君跟女兒堅持，只能放棄施食。

金兒一番操作，教鄰里恢復清靜。少了乞丐，鄰居見到金兒紛紛讚她聰明，謝她趕走乞丐。

金兒洋洋得意，沒了乞丐，市容乾淨，空氣真香，花都開得更漂亮。

柳夫人每每出城往佛寺參禮路上，見到路旁窮困潦倒的乞丐，或有餓死的難民，再看看坐轎內、一身穿華服的自己，心有罪惡。

她心痛，告誡女兒。「金兒，娘希望妳要惜福，懂得分享。」

「幹嘛分享？我的東西都是爹賺來的，為什麼要分給不相干的人？」

「如果大家都吝嗇分享，自私自利拒絕幫忙，不能同理別人的痛苦，哪天萬一換我們落難，也不會有人幫。」

「咱爹有錢有權，爹說我們家的錢夠用好幾輩子，我們不需要別人幫，倒是一堆人要諂媚爹爹。」

女兒狂妄，柳夫人說破嘴也無濟於事。

不能施食，她就暗地裡派僕人送冬衣給城外的難民。

立冬時，她與女兒往靈泉寺參加法會。

華轎一頂，隨從若干，寒冷大雪天，穿越枯樹林。林間突然竄出盜匪，三名蒙面歹徒提刀砍殺隨從。他們暴虐凶殘，隨從有的死傷有的忙逃，柳家母女棄轎逃生。

柳夫人拽著女兒沒命地跑。一旦被盜匪擒住，那便是生不如死的地獄。

但弱女子哪逃得過練家子？惡人追來，攔腰抱起金兒，一陣胡摸亂親。金兒嚇哭奮力掙扎。「娘，阿娘救我！」

惡人大笑。「小姑娘不怕，咱爺們都疼妳。」

金兒尖叫，柳夫人衝上去拚命。

「放開我女兒，放開她！」花拳繡腿一陣亂打，惹得爺們樂得跟她拉扯戲弄。其中一名盜匪甚至動手去扯夫人衣領，母女絕望哭叫時，林間深處有人喊著衝出來。

「我來救妳們！」聲大如鐘，氣勢如虹，拿兩把火棍衝過來。

金兒認出來人，是那日扔她泥巴的少年。

他揮棍襲擊盜匪，同時向她們吼：「我會武功，妳們跑、跑啊！」

少年勒住為首的惡人，朝他手臂就咬，咬下一塊肉。惡人痛嚎，鬆開手，金兒落地隨娘親逃跑。另外兩名惡人衝向少年，拚搏廝殺。

金兒跟柳夫人躲進密林藏著不敢看，但聽遠處的少年嚷著跑，聲音漸弱，只剩風吹竹林的沙沙聲，還有盜匪粗俗咒罵，以及她們母女驚恐的呼息。

那是金兒跟娘親度過最漫長的一天。

她們躲了很久，直到盜匪消失，直到天黑了，爹爹派家丁燃著火把尋來。

少年哪會什麼武功？

他很快被摺倒，慘死刀下。

火光明滅，他殘破的身體暴露在純白雪堆間。

金兒腿軟，癱跪在少年身前。

他還是好髒，黑髮油膩糾結，臉龐髒汙，破爛衣衫，滿身是暗紅血漬。純白的雪墜落在他身上，如他純白高潔的心腸。

金兒淚湧，聽阿娘激動地跟爹哭訴經過，看人們驚恐議論。光影幢幢，山林鬧哄哄。

她望著少年的屍體一直哭。

彼時，他還活生生的，朝她擲出爛泥，弄髒她的臉，害她氣哭，他卻樂得大笑。那時，金兒不知道，日後同一人，會用他的命護自己清白。

曾經，她在意外表光鮮亮麗，乾淨整潔，沒去看，內在光明其實更珍貴。在他汙穢外表裡，是遠比她更高貴勇敢的心。而她嫌他們占她家便宜，不，比起他付出的，她占了更大便宜。

誰能得意一世，永保平安？

誰都可能，在某些時刻落難，需要溫暖。

阿娘過去怎麼勸？她不聽。她傲慢，富裕讓她不懂慈悲，當她理解時，已是太晚。

柳家厚葬少年，想以少年為名辦法會，然而沒人知道他名字，墓碑該寫什麼？經過打聽，因為戰亂，少年家人盡亡，不提往事。或許經歷太多苦難沒了親人，才更無畏孤勇，持棍就敢跟提刀的盜匪拚命。也或許是活著太辛苦，所以不怕死。

金兒後悔，當她想好好認識他時，他已死別。

從此，柳金兒柔軟的心長出硬繭。罪惡令她夜夜難眠，耳畔常聽到少年當日呼喊，喊她跑啊、快跑啊——

你——不痛嗎？

當日你身挨刀砍，還喊著要我跑。

你——不疼嗎？

她逃了，卻逃不過後悔鞭笞。

往後歲月，金兒常陪阿娘禮佛，向菩薩懺悔。願有來生，若再相遇，她要報答少年，傾盡一切彌補，愛護他支持他，願是他的避風港。她不再貪圖表相，理解什麼才是最該重視的。

前世飄散，鏡面現出今生的胡英才，運動褲拉高高，傻胖呆，一對招風耳，像笨重的大象。

小柴皺眉掩眼。唉呀，這穿衣品味真是傷眼睛。但是——

「好傢伙，看不出來你這麼勇。」啪。虎爺又巴他的臉了。「唉，您最近對我很有意見喔？老巴我。」

虎爺黑瞳直盯住小柴，盯得小柴毛毛的。

—♡—

我們有緣，前生就認識？

睡前，金玉盤坐在床，左手拿歐巴金泰亨的小卡，右手握著籤詩，想到胡英才胖嘟嘟的臉，嗚咽著往後躺，手揮腳踢身亂扭。

崩潰欸！粉紅少女心破裂。

我不信我不信我不信，月老你騙人。

我不能接受！我不可能喜歡他！

「我就知道沒那麼簡單，又被九爺陰了！」

小柴抱著貓身的虎爺，坐在床畔看個案崩潰。

即使曾恩重如山，投胎輪迴什麼都忘光，要我助她了因緣？人家都抗拒到罵月老騙人了，還說是給我的「登神禮」？

想爭取夏至前結案？冬至前搞定就不錯了。

而且，這胡英才怎麼重新投個胎就長相大變？

即使柯金玉不信，但跟英才感情越來越好是事實。可能真的前世業力太強大，忍不住就喜歡和他待著，還慷慨分享各種好康給他。

他們開始出雙入對，被虧無所謂，他們形影不離，上下學同車被笑沒關係。同學笑「咕咕金」品味獨特不挑食，笑她吝嗇鬼痴情起來變盤子。

好啦，隨便啦，被笑久了，她也麻木了。

當他倆對同學們的嘲諷揶揄都無視，沒有回應原來就是最強的回應。那些射來的尖銳刻薄話，都像射進棉花糖裡自滅。

嘲諷揶揄全都淡去後，大家反而羨慕他們的好感情。情比金堅很閃亮，看似俗爛其實酷，誰不想要這樣牢固的友誼？

於是女同學好奇胡英才，能擄獲柯金玉芳心，證明身上定有某種她們不懂的魅力。

女生們開始頻頻關注他。果然璞玉被挖掘就成搶手貨。千里馬的伯樂柯金玉看著很不爽，她就像發現明星的星探，沒簽約新星大家搶啊，親手養胖的感情岌岌可危。

開始有人想擠進他們的小圈圈。

開始有人給英才寫情書，投餵食物，甚至主動分享網路，對他積極示好。柯金玉看著不是滋味。嫉妒乃人之常情，更何況是占有慾強大的她。

瞧，這會兒放學了還走不了，女同學們圍著英才，或嗔或撒嬌，甚至勾住他肥臂卯起來套話。

「胡英才，不是柯金玉的話，你喜歡的是誰？」

「是可愛的郭盈盈還是高瘦的馬喬伊？但我們討論後覺得最有可能是班長呂美良！因為你喜歡豐滿的啊，班長像娃娃，豐滿漂亮。」

美良看她們一眼，又低頭裝沒事地收拾書包。厚，不要鬧，人家不想傷害胡同學的心哪，撥撥頭髮很煩惱，但認真偷聽。

「胡英才你沉默喔，齁，沉默就是心虛。」

「不回答我們就當猜對了喔？」

金玉瞪英才，怒火狂燒。啊你不是最愛回答？現在沉默是怎樣？

「好啦，不要再逼他了。」呂美良過來了。「我請大家吃滷味，胡英才，要跟嗎？」

「我沒錢跟。」直接拒絕。

同學駭笑。美良也笑了。

「我請客。」她說。

「班長萬歲班長慷慨，不像某人。」

大家使眼色，金玉聽著呢，知道說誰。

「屌喔，沒錢還喊這麼大聲。」男同學們朝英才豎起拇指。這麼坦率令人讚嘆啊。

「我也要跟。」劉大偉搭上英才的肩膀，掐一下他的胖臉。「兄弟，我服你了。你怎麼辦到的，臉皮好厚刀槍不入。」原本很愛欺負英才，現在有點喜歡他。不管怎麼拿他身材外貌背景做文章，嘲諷揶揄或歧視，他都心如止水不氣惱。

他朝班長喊：「滷味妳請，飲料交給我。」

嘩，大夥鼓掌樂呵呵。

有人請客，英才笑問：「那家滷味有水晶餃嗎？」

「當然！一級棒。」

這會兒七嘴八舌討論那間滷味多好吃，眾人收拾書包拉著英才走，還有人提議吃完滷味帶英才逛逛，認識周邊好吃的店。

胡英才被眾同學簇擁著帶走，忽然想起什麼，回頭喊金玉。「妳不去？」

金玉還沒吭聲，幾個女同學搶道：「不用問啦！」

「她不會去。」

「她討厭班長啊。」

吵死了。金玉拿了書包快步離開。

她們說：「看吧？她沒有要去。」

「她去的話，班長多尷尬。」

美良抗議。「我幹嘛尷尬？我很歡迎她呀，是她自己不爽我的。」

—♡—

金玉走出校園，坐進車裡。多寬敞，這才對嘛，這陣子接送胡英才，都忘了後座這麼寬敞舒適。

「小姐，今天不送英才同學嗎？」司機問。

「不管他，我們走。」

車子發動，緩緩駛離校園。她胸口好悶，像忘了帶走什麼，又像掉了重要東西。

算了啦，胡英才已經不需要她了。跟她們相處，他更開心吧？哪個男生不愛被女生圍繞？

金玉又感覺到那種痛，被孤立冷落，強裝無所謂的痛。

都他啦！可惡……她眼眶一紅，煩躁地絞著雙手。

我幹嘛在意，我才不屑咧！

「小姐？小姐？」司機看向照後鏡。「要我停車嗎？」

嗄？金玉回頭，看見胖嘟嘟的胡英才正在手刀追車。

「停車！」

「我會死掉！」英才追來，拉開車門，氣喘吁吁地坐進來，喘得快暴斃。也不想想他這麼胖，追車等同賭命。

「你不是跟他們去吃滷味？」

「做人……做人…夠……義氣啦。」會喘死。

「義氣？」

「義氣……。」他捶胸口，喘著說：「她們說妳跟班長絕交，我……我就走了，因為妳不跟啊！我夠，最講義氣了。」

「幹嘛？我又沒關係。你不是喜歡呂美良？」

「我沒有。」

「沒有？那幹嘛她們猜錯你都不說？」

「妳不是叫我別什麼都說？我這次閉嘴了，幹得好吧？」

好棒棒啊你！我氣死。

看他喘不停，兩腮紅咚咚，瞅著她表情很呆，金玉心頭一熱。

「義氣是嗎？」

「唔。」終於緩過氣，他雙手抱書包往後一癱。「舒服。」滿足地嘆口氣，看著前方馬路。「喂，柯金玉，妳對我好，我這個人最講義氣，我不會忘記。但是——她們說的超好吃的滷味，妳知道在哪嗎？我們改天去吃，我都聽到流口水了。」

「才不要，我最討厭吃滷味。」

「那妳看我吃啊，妳為什麼討厭？吃過滷甜不辣嗎？水晶餃咧？我最愛吃那個。米血糕也很讚，我肚子餓了……。」

金玉微笑，看向窗外，窗玻璃倒映他的饞樣。黃昏光影一瞬間閃過他們身子，落日炫麗刺眼，金玉驚喜，看慣的黃昏原來這樣美。

大樓屋牆馬路白雲街樹，全在閃閃發光呢。而她，她在融化，身體消失，剩下心臟怦怦怦撞著胸口。

月老沒搞錯，我是真沒辦法忽視他。雖然他不帥又沒錢，雖然他說他有喜歡的人了。

有點心酸啊，這就是無怨無悔刻骨的愛情嗎？少女心多愁善感起來，想想真愛就是這樣齁？泰亨歐巴對不起，我變心了。

「胡英才。」

「嗯？」

「你喜歡的人是誰？告訴我，或許我能幫你。」嗚，她也要講義氣。

「真的嗎？」他眼一亮。「我早就想拜託妳了，可以找一天讓妳司機載我去見她嗎？我好想她。」

「好……。」

我偉大，我佩服我自己。

「可以順便幫我載一些東西過去，就上次撿的帆布，可以嗎？」

「可以。」

還沒完。他得寸進尺得很自然。「可以借我一千塊嗎？但我只能分期還妳，一個月還妳一百，行嗎？」

「行。」想買禮物給心上人吧？都行，都好，遇到你，我認栽。

我也認栽，我也佩服我自己。

小柴抱著虎爺坐在車頂。為了幫個案，剛才可是連車都追上了。人，怎可能追上車，還是那麼胖的傢伙？方才他可是使出龍頭杖猛力戳英才的後背，讓他跑似飛。

小柴抱緊虎爺，臉埋進牠毛髮堆裡用力吸。壓力大，需要吸貓紓壓啊！

月老箴言

029

平

外表光鮮亮麗、乾淨整潔，
但高貴勇敢的心，更珍貴。
誰能得意一世，永保平安？
誰都可能在某些時刻，需要溫暖。

05

午後，砂石車一輛接一輛地在濱海公路跑，左邊藍天白雲藍海白浪，右側青山綠樹，亦像鋪展的綠浪，間中參雜白花一團團，亮在綠浪裡。

「油桐花開了。」胡英才很興奮。

一離開城市，他便精神大好，車往山間方向奔，平日混沌迷離的眼神都亮起來了。

柯金玉湊過來，和他一起看風景。大量團白花如雪，原來這就是油桐花啊？金玉震撼，它們白得豐滿狂野。

司機叔叔很體貼，故意放慢車速，讓兩個孩子賞花。

車往貢寮方向開去，那邊有英才認定的家。

離了胖姐跟阿嬷的家，他是流浪兒。

少男少女迷偶像，幻想未來嫁取的對象，有的則把偶像當指標，未來想活成那個樣。柯金玉的偶像是BTS金泰亨，胡英才的偶像是默默無名、大他五歲的胖姐。

一路上，他很興奮地跟金玉聊胖姐。

胖姐愛喝珍奶，那些夾在課本扉頁的樹葉花瓣蟬翼都是胖姐的收藏。胖姐手巧，破爛東西經她改造就變美。醬瓜空罐寶特瓶，她彩繪變花瓶；山裡隨便採野花，插瓶裡沿屋牆放，房子美麗如花。

「你叫她胖姐，她是有多胖？」

「八十幾公斤吧，可是她胖得很漂亮。她很會拼貼改造舊衣服，變成漂亮洋裝，還會自己做髮夾，跟她在一起永遠不會無聊。」

英才何止迷戀胖姐，簡直把她當神拜，搞到金玉都迫不及待想見到本尊。

「不只漂亮，她還很善良。她愛動物，我們一起救過被山豬吊夾斷腿的狗。她爸不准養，胖姐就在竹林給牠釘木屋，我們一起偷養，叫牠黑皮，牠很老了，等一下帶妳看牠。」

金玉越聽越彆扭，人怎麼可能這樣完美？很胖還很漂亮？有才華還好善良？之前甚至說她看得懂原文書？搞得柯金玉都快自卑起來，感覺跟胖姐比，她都不配當人了！

英才又說：「雖然我們偷養狗，但其實胖姐最愛的是鳥。在山裡，只要發現鳥羽毛，她都撿起來收藏，認真記錄，還蒐集大量鸚鵡照片。」

導航結束，目的地到了。

車停在山腰，遍地漫生野草，兩棟磚造屋並排置中，屋旁的空罐裡沒有花，只有青苔積水。

英才介紹。「右邊是我阿嬤家，左邊胖姐家。」

磚造老屋，鐵皮屋頂鏽蝕，窗戶破損，木門傾斜，斑駁破洞。英才下車，拿出鑰匙，打開阿嬤家。

回家了，可惜阿嬤去天上了。裡面陰暗潮濕，連電都沒有，可是阿嬤東西都在，熟悉的環境令他安心。

他很安心，其他人卻驚恐。金玉跟司機下車，打量廢墟。即使是大白天，破爛老屋看起來陰森森像鬼屋，這能住人啊？

「你們要來我家坐嗎？」英才從昏暗裡走出來問。他們直搖頭。兄弟，蜘蛛網懸在你家門楣上，大蜘蛛就在你上方啊！金玉全身發癢，好恐怖。

英才開始行動，他請司機打開後座，卸下帆布，一綑綑放地上。

金玉問他：「你的胖姐呢？在不在家？不找她出來嗎？」

「她死了。」

「死了？」

「死五年了。」英才又拜託司機。「叔叔，你可以幫我嗎？只要把帆布遞給我就行了。」說完，他熟練地攀爬屋旁的榕樹，跳到鐵皮屋頂上。

司機遞上帆布，他鋪展，蓋住鏽蝕的屋頂，用磚頭壓妥。這才滿意地跳下來，然後從門旁的花盆底下搜出鑰匙，開門走進胖姐家。

「妳要進來嗎？裡面很漂亮的。」他問金玉，金玉瞪大眼睛。

「你這是擅闖民宅，犯法的。」

「這違章建築啦，沒人管了。」地處偏僻，屋齡老，連強拆都嫌浪費錢。

金玉遲疑，英才不等，走進去了。她壯起膽子跟進屋。

從窗戶映入的日光，隱約可見曾經是漂亮住所。因為漏水，家具發霉，但看得出被用心布置過。茶几有彩繪的玻璃空罐，曾是插花用的。泛黃牆面，繪製驚人的壁畫，大量的巨型鸚鵡、灰鸚鵡、藍黃鸚鵡、紅綠金剛鸚鵡……大量蕨類，宛如亞馬遜叢林，就算受潮，還是看得出繪者驚人的才華。

「哇！」金玉讚嘆。

英才沒騙人，胖姐厲害，繽紛鳥羽根根分明、栩栩如生。

「是不是？我就說她厲害吧！」

「這是用油漆畫的嗎？」

「有的用油漆，有的用壓克力，還有的是用指甲油。她爸做廢棄清運，客戶丟掉什麼可以塗鴉的，她就用什麼畫。」他輕撫牆面，回憶道：「這片蕨葉是她教我畫的。那時，我才小六。」

那時，胖姐家除了錢啥都有，是大寶坑。業主丟的東西，堆在屋外空地，胖姐幫爸爸支解它們，鐵器蒐集起來換錢，不能賣錢的就半夜載去扔。因為送去垃圾場要收費，半夜山裡亂倒不用錢。

「所以胖姐常半夜不睡覺，陪爸爸載東西去丟。」

「丟哪？」

「從這裡再往上，轉彎處就是山崖。」

那些東西全往山崖扔。胖姐曾跟他說，夜裡的山崖黑漆漆的，像一張好大的黑色的嘴，吞下他們投餵的破爛床墊、骯髒棉被、廢棄玻璃門、破塑膠椅。

「這樣亂丟垃圾可以喔？」金玉震驚。

「胖姐也這麼問過她爸，結果被甩巴掌。」他走到角落，卸下背包，拿出濕紙巾擦拭那兒布滿灰塵的書桌，一邊難過道：「她爸一喝酒就很可怕，會揍人，還會半夜裡把胖姐趕出去，不准她回家。」

他跟阿嬤常聽到鄰家傳來揍她的聲音，聽過她阿爸罵她各種難聽話。

「袂見笑，死囝仔！叫你不要搞有的沒的還搞？ㄆㄚˋ袂驚？」

東西亂砸亂摔，被揍的胖姐不吭聲，因為喊痛會被揍得更慘。

她不吭聲，鄰家屋裡的英才卻爆哭。阿嬤要他別管人家的事，但是英才好怕胖姐被打死。

可是胖姐很堅強，就算被揍到鼻青臉腫，傷心沒有多久又溜滑板啦，做衣服啦，玩畫畫採花草，抱狗兒黑皮玩。

「所以胖姐是被她爸打死的嗎？」金玉猜道，英才否認。

「不是。」

「那她怎會死掉？」

他安靜片刻，抬頭看她。「妳有沒有遇過很恐怖的事？」

他緊繃的口氣嚇到她了。她搖頭，他摳掉木桌側面潮濕翹起的木片。

他心裡，也藏著想要摳掉的黑暗記憶。

「我覺得……妳不要知道比較好。」他拉開椅子坐下，怕說出來嚇到她。

金玉的手機響起，司機想確認她的狀況。「我們在聊天，等一下就出去。」關了手機，金玉想了想，搬來牆邊板凳，抽出濕紙巾擦乾淨了，放他面前，坐下，看著他。

「我不怕，你說，胖姐怎麼了？」她鼓勵他說出來，不是因為她想聽，而是感覺到他體內藏著的悲傷已經快爆滿。她想分攤，想接住他。

他瞬間淚湧，巨大傷痛摁在心口，壓了五年，從沒消失。

胡英才張嘴，淚就淌落。

「到現在，我還是不知道，那麼恐怖，為什麼胖姐都不怕……？」

五年了，對英才來說仍像昨日。

那陣子寒流來，連著幾日濕冷下雨。他跟胖姐照樣每晚撐傘溜進竹林餵狗，但那幾天不管怎麼喊，都不見黑皮。他們到處找，到處問，怕牠又被獵人陷阱傷了。

住竹林後面種菜的邱爺爺告訴他們，狗被廢車廠的工人綁走了。

「唉，誰叫牠是黑的。」爺爺說：「冬令進補啊，吃香肉的都說一黑二黃三花，黑狗搶手啊。不用找了，應該被宰了。」

英才嚇傻，胖姐卻堅持去上面廢車廠找。

「妳不要衝動，我們叫警察好不好？」英才阻攔。那些工人很凶，身上都刺青。

「等警察就來不及了，你回去，我去找。」

英才不放心讓胖姐自己去，決定跟她走。他們溜進廢車廠，三個工人在鐵棚下擲骰子賭博，地上炭火凶猛，燒著大鐵鍋，鐵鍋熱水滾沸，煙霧騰騰。上面，倒吊著手腳被綁的黑皮，牠抖得厲害，熱燙的沸水等著淹牠。

工人們笑，喝酒打牌幹聲連連，討論香肉怎麼料理才好吃，蒜頭都剁切好了。年長的白髮老頭笑。「狗齁，就要先活活打死再過水，這樣肉最甜。」他拍拍擱桌旁的木棍。他們乾杯，說著吃了狗肉晚上會怎麼厲害。

「怎麼辦？」英才腳在抖，他們好可怕。

「等下工人離開時，幫我把狗弄下來。」沒等他回答，胖姐繞到廠房後。沒一會兒，廠裡冒煙，火光猝燃，映紅黑夜，工人衝進廠房救火。

英才跑過去拿木棍撞翻熱鍋，又踏上椅子拽下狗兒。正要解繩索，工人飆髒話地追著胖姐衝出來。

「快跑，跑！」胖姐朝他吼，他扛起狗兒狂奔。狗兒撲在他肩頭，望著被追的胖姐一直哀鳴。

英才也不知哪來的神力，跑得飛快，可是胖姐跑不快，他擔心，頻頻回頭，她只是怒吼。

「不要管我，快跑！」

工人追上胖姐了，胖姐撿石頭扔他們，和他們扭打，搶下木棍發狂回擊，爆烈怒吼：「我打死你們，敢動我的狗，我殺死你們！」

拉扯中，胖姐失足摔落山崖。

那個吞過無數垃圾的黑暗深淵，最後將胖姐也吞了。

鬧出人命，工人嚇到全跑了。

「胖姐——」英才跑過去，狗兒自他肩頭摔落，五花大綁仍掙扎著往胖姐墜落的方向吠叫。

—♡—

那個夜晚，山裡很熱鬧，警車消防車都來了。

山中零星住戶全聚集，驚惶討論。警察問他整個過程，吊車把胖姐吊上來，她早已重傷斷氣。

工人被警察逮捕，廢車廠被抄掉，火燒後成了廢墟。英才心裡也長出廢墟，在失去胖姐以後。

他永遠記得出事那晚，常揍胖姐的爸爸對著黑漆漆山崖哭嚎，嚎得像受傷的野獸，卻只等到冰冷的遺體。

「汝轉來，我不打你了啦……你安怎擲隨你，緊轉來，我袂安怎活？」他腿軟，哭癱在鄰居懷裡。

當風波止息，漸漸一切又像什麼都沒發生。草木繼續長，四季照樣變化，只有英才知道，自己再也不同了。

一年後，傷心過度又酗酒的胖姐爸爸因為酒醉，跌落山崖而亡。

至於那條被胖姐救過兩次的狗，即使住竹林的邱爺爺願意收養，牠還是頻頻跑回山崖前守候，不肯離開。

英才跟金玉說：「所以我在那裡釘了木屋讓牠住。我知道胖姐家的鑰匙藏哪，想胖姐的時候，我就抱黑皮到她家裡待著。爺爺心疼胖姐，阿嬤死了，我必須離開這裡，現在換他幫我餵黑皮……。」

被迫離開住到大城市，他不習慣，日夜盼著回來這裡。

「她真的很勇敢，難怪你喜歡她。」

「嗯，我是喜歡她，但是胖姐說愛情是爛東西，因為她曾經喜歡人，告白後情書被貼在黑板笑，還被喜歡的人罵噁心。明明胖姐那麼好，哪裡噁心？我說沒關係，等我長大就娶她。可惜她……。」英才哽咽，說不下去。

他打開背包拎出一袋貼紙，開始一張張地貼牆壁。

「她這麼漂亮，哪裡會噁心？我最喜歡胖姐。」

那全是從手機印出的照片，都是胖姐跟他的合照。英才一張張貼到牆壁上。金玉這才明白，原來跟她借錢都是拿去印照片貼紙了。

金玉起身說：「我幫你貼。」

他們一起將胖姐的照片一張張黏貼在牆壁上。

金玉看著胖姐，明白她有多特別多勇敢。

「你說得對，胖姐好漂亮，我從沒見過比她漂亮的。」

泛黃牆面被珍藏的回憶覆蓋。貼滿整片牆面後，他們一起欣賞。

金玉說：「胖姐要是知道在她死後，還有你這麼想她，一定很感動。」

「嗯，不只我想她，黑皮也想她。」英才哽咽，看著照片裡，胖姐穿著自己創作的衣裳，有獨照，有跟他合照，有他們躺草地抱黑皮的自拍照。

她總是爽朗地笑著，彷彿從未經歷過那些毆打、咒罵跟嘲笑。

胖姐，妳真美麗。

我把妳光明正大貼在妳家，再也不會有人打罵妳，妳是我最喜歡的，也最特別的。

離開前，英才還去看了邱爺爺，搬兩綑帆布給他種菜用，爺爺好高興。

「這個好，這個冬天很好用。」

爺爺很老了，走路需要枴杖，他們一起去山崖看黑皮。牠窩在木箱裡，看到他們，吃力地搖尾巴。

英才蹲下輕撫牠，聽爺爺說：「伊現在不怎吃了，年紀大，眼睛不好嘍，就是不走，狗就是死忠啊。」

金玉也蹲下，望著老狗。

牠眼睛白濁，毛色黯淡，連搖尾巴都顯得很吃力，但仍堅定守在胖姐離開之處，面向深淵不願離。

牠，曾在英才肩頭望著因救牠而被毆打的胖姐，會有多傷心？牠領教過人類有多殘酷，但也經歷過溫暖。曾有像胖姐這樣的人，捨命愛護牠。

回程車上，英才頻頻回頭望，一臉沮喪。

「我真的不想回去……山上有黑皮、有胖姐跟阿嬤的東西，我在爸媽家住不習慣。」

金玉勸他。「你要接受現實，像我，我爸亂搞，連外面的女人和他們生的孩子都搬來跟我們住，我也覺得很靠北啊，但能怎樣？只能接受現實，哭爆也沒用，生氣也沒用。我現在還不夠有能力，不能做主。所以我要忍辱負重，累積實力變得很強，將來才可以什麼事都自己做主，才有真正的自由。」

金玉這麼說的時候，閃閃發光。英才揉揉眼睛，覺得她超酷，在她身上看到跟胖姐一樣的光芒。

她說：「回去後，你就好好跟新家相處。」

「可是我台北的家很悶，房間也沒窗戶，每天看到的鳥就那幾種，麻雀或鴿子。如果胖姐在，也會覺得很無聊。」

爸媽辛苦，從早工作到深夜，根本沒空陪他。大樓是七層住家，天花板低很壓迫；到陽台喘口氣，只能面對前面大樓住戶的抽油煙機跟晾曬的衣服。他喜歡山上，討厭市區。

「又不是非要到山上才能看到那麼多鳥，你喜歡的話，我也可以帶你賞鳥，甚至讓你跟牠們玩。」

「怎麼可能？」

「不信嗎？」為了證明所言不假，金玉立刻跟司機改目的地，直接殺去找鳥兒。

—♡—

大人說，小孩哪懂什麼愛情呢？

但也許，小孩更懂愛的純粹。

住破房子沒關係，只要她在。失去胖姐，英才沒鬥志，又失去阿嬤，失去熟悉的山林住家。他沒了活力，變得遲鈍懶散，因為失去生活目標，因為困在回憶裡。

金玉替他難過，她想起很久以前某次曾經看到的短影片，她想讓英才重新快樂起來。

她帶英才去吃飯，那是有鸚鵡坐檯的地方。

一進餐廳，英才嚇到。

鳥叫聲刺耳，全都是鸚鵡，五顏六色，連巨大的紅綠金剛鸚鵡都有。有店家養的，還有城市迷路或被棄養的鳥。這裡是鳥類中途餐廳，供人舉辦認養鸚鵡活動，也提供資金贊助野鳥保護協會。

「我以為餐廳就是吃飯。」英才震撼。

「想不到吧？」看他驚喜的樣子，她超有成就感。

每張桌子都安置橫桿，用餐時，鸚鵡一旁陪吃飯。也有客人帶自家的鸚鵡來跟鳥友交流。

櫃檯旁邊的非洲灰鸚鵡超可愛，一見愛牠的老闆經過就興奮狂點頭，討親親。學人類說話的牠高喊：「愛我，愛我，愛我嘛。」

引得客人大笑，老闆也難敵牠情勒，他將臉湊過去，給牠親親。

和尚鸚鵡跟玄鳳在餐廳各處亂飛，這裡，鳥最大。

英才心情大好，點完餐，一隻和尚鸚鵡飛來，停在英才肩膀。

店員驚訝，她說：「小兵第一次跟男生互動，牠通常只跟女生親近。」

「牠還會認男生女生？」金玉震驚。

「是啊，我們也覺得奇怪。」店員給他們無花果乾餵小兵。

「我還被牠啄過。」一旁的壯碩男客附和，他把手伸向英才肩上的鸚鵡，立刻被啄。「看吧，超凶的。」馬上見血。

店員笑他：「好慘，記得去領ok繃喔。」櫃檯提供藥水ok繃，在這裡被鳥啄傷，沒人會跟鳥計較的。

「唉，小兵真凶。」男客人不解。「奇怪，都是男生，為什麼小兵對你就比較好？」

英才忽然玩笑地將自己的運動服用力往下一扯。「牠以為我是女的，看，欸B罩杯耶。」

你那是胖好嗎？

大叔笑到岔氣，金玉掩面，強忍笑。胡英才，真被你打敗。

整晚英才興奮地餵鸚鵡，跟鄰桌客人大聊鸚鵡。

看他那麼亢奮，金玉也高興起來。英才頻頻給鳥錄影。

「如果胖姐來這裡一定發瘋。」他笑著跟金玉說。

應他要求，金玉幫他拍照。他頭上站著玄鳳鳥，右肩是愛情鳥，左肩和尚鸚鵡小兵霸占著。英才笑咧嘴，心滿意足，一直要金玉拍照拍不停。

「我要印出來貼在胖姐的書桌前。」

「是是是，幫你拍。」金玉照辦，拍了大量照片。

群鳥鳴叫高歌，英才一直笑。胖姐死後，他好久沒這麼快樂了。

假如記憶可以無止境追溯，在他面前正忙著幫他照相的柯金玉，也曾是他的故人。

是他曾投擲泥巴，漂亮但殘酷的少女。

假如記憶有跡可循，金玉持手機瞄準英才時，螢幕中那有著招風耳、對她笑的胡英才，曾是即使失去性命，也要勇敢護她的少年。

鸚鵡所住，而生其心。

因為被熱愛的包圍，心又活絡起來。

姻緣未了故又重逢。柯金玉來了，輪迴多次地找來了，把胡英才從深淵拉出來。這次，她將從他那兒得到的溫暖，還給他。

這次她樂於分享，非常慷慨。

她問英才：「要不要再點什麼吃？」一盤咖哩飯應該滿足不了他的胃。

但他竟然拒絕。「我飽了。」

「你飽了？」金玉震驚，英才摸著肚子也震驚。

「好飽。」

長久來填不滿的凶猛食慾忽然消失。

原來思念讓人餓，寂寞令人胖。

失去摯愛，孤單像填不滿的洞，不管怎麼往嘴裡塞食物，都餓。

如何好好道別，也需要練習。

少年第一次創傷，少女告別青澀，他們突破自己之前，都像一次蛇褪皮。

過程劇痛，一旦失敗，極可能登出，選擇放棄世界。

今天，胡英才在金玉陪伴下，跟傷痛和解。

好像有什麼封閉他的，剝落了，他又能好好呼吸，用心感受這世界。

—♡—

回程在車裡，英才仍亢奮著，他興致勃勃，找到目標。

「我以後也要開這種店！」

「你沒辦法。」金玉打槍。

「為什麼？」

「你又不好好讀書，懂什麼是開店嗎？會算成本嗎？法規政令申請商標這些你懂嗎？」

英才呆滯。金玉冷哼。「沒聽過是吧？像你爸媽，從早工作到晚，沒有生活品質地拚命還貸款，就是不懂理財。房貸占月收入比例，一旦超過四十趴，就得放棄。理想範圍要在二十五趴以下，否則會很有壓力，還犧牲生活。萬一突然有意外開支就完了，風險控管很重要。」

巴拉巴拉……金玉給他輸入大量金錢觀。

果然是生意人的女兒，內建計算機，還是前世就學過，對金錢敏感。最後，她大氣道：「想開這種店？行，我投資你，但你必須有足夠實力才能穩定經營，甚至獲利。所以知識就是力量。」拍拍他肩膀，她說：「要唸書啦！」

「那我完了，我都沒在唸，課本那些太難了，可能也沒辦法升大學。」

「幸好你有我。」說得金玉也熱血沸騰起來。「怎樣？以後跟我讀書學習，我教你。」

英才立刻點頭。學習無聊是因為不知學來幹嘛，金玉讓他理解，沒有學習沒知識，就無法掌握自己的命運，甚至好容易就失誤，然後失去自由。

他們聊了許多，讀書計畫、升學選項等等等，聊到累，都睡了。

我知道的妳不知道，妳不知道的我知道。這就是與人交流的樂趣，這就是美好友誼的獲利。

車外，暗黑天空的橘紅月圓滿浮於天，馬路車燈如流動銀河。車廂搖晃，司機看向照後鏡。

兩個年輕孩子都累了，靠在一起睡，像一對愛情鳥。

與世無爭，畫面真可愛。他在柯家當司機多年，第一次看到小姐對某人這樣好。而孤單的小姐交到好朋友，笑容都變多了。

車子抵達英才的住家，金玉搖醒他。他揉著惺忪的眼。「我回去嘍。」

「嗯。明天學校見。」

英才下車，關車門，正要揮手再見，手機響起。他接起電話，一下子哭出來。金玉趕緊下車。

「怎麼了？」

「邱爺爺打來的，黑皮走了⋯⋯。」

金玉抱住他，輕聲安慰。「沒關係，這樣好，牠去跟胖姐團圓了。」

月老箴言

030

平

思念讓人餓，寂寞令人胖。
失去摯愛，孤單像填不滿的洞。
如何好好道別，也需要練習；
才能好好呼吸，用心感受這世界。

06

月亮高懸雲海，星子燦爛，銀河瑰麗。

深藍雲海間，小柴躺在柔綿團軟的雲朵裡，瞅著鏡中抱團取暖的孩子。

任務終結，就這樣？「這就完了？這麼容易？」

「是不是幸福來得太突然，讓你不適應？是不是喜歡難度高，被個案虐才過癮？」九爺一旁涼涼地問。

小柴趕緊交出姻緣鏡。

「我只是好奇對胖姐戀戀不忘的胡英才，會不會跟金玉談戀愛？」

「那要看他們自己的造化。小柴，愛情是有機體，內建各種感情，有的陪伴會變成愛情，有的陪伴到底，仍錯過愛情，只得到友誼。人們能做到的，只有把握當下，盡力善待每一種緣分。不管在友情還是親情裡，其實都是在累積好好戀愛的能力。能把親情處理好的，日後跟人談戀愛，挑選對象或是經營感情，也不會差到哪去。」

「這我不認同，像胖姐這種被家暴或被親人惡劣對待的，難道也要對父母好，心甘情願被傷害？沒想到師父你也這麼八股，用孝道情勒人。」

「誰跟你說遇到那種父母要忍耐？」九爺解釋。「總是被親情綁架情勒的，就要練習自立自強、保護自己，和家人劃清界線。這樣日後當他戀愛，也才有辦法守護自己的愛情。若學不會拒絕情勒的家人，那麼未來戀愛了，也會困難重重很辛苦。

「同樣地，對父母家人給予的愛護，任性驕縱、不懂感恩，只會一味索要的，將來在愛的路途上，必也會因不懂愛人飽受挫折。所以我才會說，人們在面對每一種感情時，都是在練習未來能更好地去愛人；善待伴侶，最終過著合適自己的生活。

「愛情沒有公式，幸福無法量化，每個人都在練習跟進化的路上，找到適合自己的對象，擁有幸福歸宿。只要不放棄自己，就永遠有改變命運的機會。這一世的學習會累積到下一世，絕不會白費。」

九爺苦口婆心，認真叮囑。「所以，小柴，你要記住。未來當你被託付任務時，就算看到個案處於逆境中，甚至受到家暴或霸凌，記住絕不能干預，必須讓個案自己學習去面對，去突破困境。」

「我懂了。師父你放心，我已經不那麼情緒化，我現在相當理智，理智到我看到再多詭異事，都不會驚訝崩潰……但那是什麼？」他又怪叫起來：「師父、師父！有東西朝我們衝來！」

雲海遠處，一團急如流星的黑物正暴衝而來。

上次是饕餮，這回是什麼？

小柴甩出龍頭杖警戒，師父拽走龍頭杖扔掉。

「緊張什麼？是來找你的。」

「找我？」黑物逼近，小柴看清楚了，是——黑皮？

牠跑得飛快，長長耳朵都往後翻了，嘴開開舌外露，黑臉如在笑。牠不跛腳了，也不疲憊了，牠活力充沛地奔來，撲倒小柴，一陣狂舔狂親，尾巴狂轉，興奮激動得呻吟又汪汪。

「怎麼回事？」他滿臉都是牠的口水了。

九爺彎身，俯瞰小柴被狗霸在地上親。「恭喜你即將正式登神。去菩薩那兒報到前，為師知道你怕寂寞，幫你找了伴。」

「牠？」他是沒意見啦，但這黑皮是否太熱情？

忽然，虎爺也來了，牠走近，搧了小柴一巴掌。

霎時小柴通靈，遭前生種種畫面爆擊。

他跟英才救下被山豬吊重傷的黑狗。

他跟英才採集滿地匍匐白花的空心蓮子草，採集粉紅嫩花序的夏枯草，還有溪畔的紫花通泉草。

他跟英才畫牆壁，跟英才坐屋前，用望遠鏡觀看樹上的藍鵲築巢。他們手牽手走在芒草間，撿拾老鷹落下的羽毛。

他被爸爸深夜趕出家門，剪爛他手縫的洋裝，撕掉他貼牆上的照片。

他跟工人為了黑皮互毆，他墜落山崖——

小柴全都記起來了，看著不停舔他的黑皮，看著牠熱情純真的黑眼睛，小柴抱住牠，放聲嚎哭。

「黑皮……黑皮，我想起你了，黑皮……。」

「都記起來了？」九爺的臉湊近，笑他淚汪汪。「哭哭啼啼的幹什麼？」

「我竟然變這麼瘦？」

「人間的胖瘦美醜只是為了學習暫用的，靈魂才是真實樣貌。小柴，師父要跟太白君雲遊去了，你以後要認真撮合姻緣，不要再敵視愛情，懂吧？」

揉揉他的頭，九爺閃離，但——離不成，有人揪住褲腳。

小柴嗚咽，一手摟黑皮，一手抓師父。「師父別走，我不能沒有你。」

我愛師父！原來師父堅持等這任務，不是因為簡單，而是為了讓我跟黑皮團圓，為了讓我再見到牽掛的朋友，這才是他給我的「登神禮」。

小柴太感動了，緊抓著九爺不肯放。

九爺微笑。「不讓我走？就憑你？攔得了我嗎？」

掌心空了，九爺消失。

小柴哭喊：「師父我愛你，永遠！」

—♡—

小柴預備登神去了。

報到之前，他回了老家一趟。

他抱著黑皮，望著牆上貼滿滿的照片又哭又笑。

他跟英才的回憶，都在老牆面，一張張留住珍貴瞬間。

兩個男孩一高胖一瘦弱，他們並肩坐在屋前，捧著西瓜，笑容燦爛。

再見了，胡英才。

小柴在書桌留下一根月老紅繩，跟黑皮離開。

人間離別太殘酷，但也許，所有我們深愛過的因緣，終究會在彼岸團圓。

完

後記

透過故事，找到專屬於你的收穫

哈囉，又見面了，我是臉書粉專「懷疑論者的通靈觀察」的版主Vincent。

上次在書裡跟大家說說話，是在《月老營業中》第一集的序言（我知道在這一集也有序言，這是為了方便大家參照，但內容其實跟之前是一樣的）。總之時間過得真快，現在《月老營業中》全部三集的故事已經落幕，我真心感謝每一位跟隨這趟旅程到最後的朋友。

我在《月老營業中》這個系列裡，掛名的是「原創」這樣的角色。但事實上，我一直對這個頭銜感到有點不好意思，因為關於人間的七種姻緣類型，當然並不是我的「原創」。

我只是曾經有一個機緣，透過我那位通靈的前妻，從月老那裡聽說了這些事而已。

當我在臉書粉專上分享這些有趣的神明訊息時，我當然還不知道這些概念後來會發展成一系列的愛情故事，真的是多虧了小說家的生花妙筆。我雖然身為原創，但其實也是跟各位讀者一樣，完全不知道接下來的故事發展，所以同樣是隨著九爺和小柴的帶領，又哭又笑地見證了書裡各個凡人角色的姻緣之路。

這些故事從來就不是出自我的腦海，卻有幸在封面留下我的粉專名字，這讓我覺得自己是個很受眷顧的人。所以我要把這些屬於書中各個角色的人生故事，以及這些故事可能帶來的共鳴、反思、心得和迴響，獻給同樣心有所感的每一位讀者。

我想到月老很多次（或許透過不同的通靈人）跟我說，祂會在我的文章裡灑上金粉，或是在任何有必要的時候，替我帶來一些我正好需要的好人緣。

如果這是真的，那麼我喜歡想像這些來自神明的奇異恩賜是無窮無盡，可以自體複製的。因為這麼一來，我就可以把金粉大把大把地分享給大家。

敬請收下。

（請想像爆量的金粉忽然從你手上這本書噴發而出，遍灑你的一身。）

—♡—

就像我在序言裡說過的，我本來是一個完全不相信怪力亂神之事的人。過去的我對於神明的看法，總覺得與其相信祂們的存在，不如視之為某種文化背景下的產物。我以前也認為，所有看似神威顯赫的效果，都不過只是信眾的心理作用。

但人生的際遇竟是如此奇妙，我先是遇上前伴侶的通靈事件，接著因為隨之而來的種種心靈和生活上的衝擊而開始寫粉專，做為某種自我療癒的嘗試。然後又因為這個粉專而有機會結識更多的通靈人（包括後來我常常在粉專文章裡提到，對我有相當大的幫助的那位通靈朋友），以至於現在的我早已無法否認，這世上確實存在著超越物理學之外的意識實體。

至於這些意識實體究竟是怎樣的一種存在，我還有許多未解的疑惑，但無論如何，祂們顯然能夠回應祈求（只是可能是透過你意想不到的方式），能提供饒富智慧的開示，也似乎執掌著人世間各種不同面向的事物運作。

藉由這次經歷和我結緣的月老只是其中一個，甚至各處廟宇裡的月老雖然都有著雷同的「性質」，但似乎又各有不同的個性。關於這些奇妙的事情，我仍然還在持續觀察中，未來也還會有更多分享。若有機緣，我相信你就會看見的。

—♡—

最後再回來跟大家聊聊「姻緣」這回事。

我有時覺得人類真的是一種很有趣的生物，我們對於愛情的追求及歌頌，其程度之高、之深，彷彿那是刻在我們 DNA 裡某種純然的本性，是所有人類都共享的體驗和想像。

所以我們總是被愛情故事感動。也所以在那麼多廟宇的月老殿裡，總是擠滿了參拜的善男信女。

但愛情，或說是姻緣，同時也是我們在這個不知為何必須不停重新登入遊玩的「人生 Online」裡，最有潛力帶來大量課題的安排。

我很慶幸自己能夠經歷婚姻，確切感受到婚姻帶來的各種磨難和學習，並且在最終又能夠友善而平和地分開。

有人說，每件事的發生都不是偶然，那麼我想我這輩子的這番經歷，就是為了讓我深刻體會到「課程學成」和「了結因果」的感受。

而這系列小說裡的每一個故事，都是在代替我們活過另一種可能的人生，使得我們有機會跳過重複試誤的時間，在別人的故事裡得到一些專屬於自己的收獲。

無論你現在處在人生的哪一個階段，對愛情是憧憬、是渴望、是身在其中，或甚至是看破，我都祝福你領受到自己該學習的課題，並且最終能夠穿越課題，活出自在和快樂，過著如你所願的愛情人生。

希望你喜歡《月老營業中》，也謝謝你看到這邊。

我們後會有期。

國家圖書館出版品預行編目資料

月老營業中 3：宿命之絆／懷疑論者的通靈觀察 原創、張名秀 小說改編 . -- 初版 . -- 臺北市： 三采文化股份有限公司，2025.8
面； 公分 . -- (iREAD)
ISBN：978-626-358-734-2（平裝）

1.CST: 文學小說 2.CST: 華文創作 3.CST: 愛情小說

863.57 114007922

封面圖像：
由 AI 生成再經設計修改而成

suncolor 三采文化

iREAD 176

月老營業中 3

宿命之絆

原創｜懷疑論者的通靈觀察 小說改編｜張名秀
編輯四部 總編輯｜王曉雯 執行編輯｜戴傳欣
美術主編｜藍秀婷 封面設計｜莊馥如
內頁排版｜陳佩君 校對｜周貝桂

發行人｜張輝明 總編輯長｜曾雅青 發行所｜三采文化股份有限公司
地址｜台北市內湖區瑞光路 513 巷 33 號 8 樓
傳訊｜TEL: (02) 8797-1234 FAX: (02) 8797-1688 網址｜www.suncolor.com.tw
郵政劃撥｜帳號：14319060 戶名：三采文化股份有限公司
本版發行｜2025 年 8 月 1 日 定價｜NT$420

著作權所有，本圖文非經同意不得轉載。如發現書頁有裝訂錯誤或污損事情，請寄至本公司調換。 All rights reserved.
本書所刊載之商品文字或圖片僅為說明輔助之用，非做為商標之使用，原商品商標之智慧財產權為原權利人所有。